Dirk von Petersdorff

Lebensanfang

Dirk von Petersdorff

Lebensanfang

Eine wahre Geschichte

C. H. Beck

Gesetzt aus der Candida bei Fotosatz Amann, Aichstetten
Druck und Bindung: Pustet, Regensburg
Gedruckt auf säurefreiem, alterungsbeständigem Papier
(hergestellt aus chlorfrei gebleichtem Zellstoff)
Printed in Germany
ISBN 978 3400 563768

www.beck.de

1.

Eine durchsichtige fahrbare Plastikwanne. Lächelübungen. Luise als Mischung aus fest und flüssig. Eine Hebamme sah Max und mich skeptisch an. Die Notwendigkeit gelber Ohrenstöpsel. Sind Eltern frei?

Hinter einem halbhohen Vorhang hantierten die Ärzte. Ich stand am Kopfende einer Liege. Ihr Puls ging sehr schnell, ich hielt ihre Hand. Ich sah an der großen Brille einer Ärztin vorbei zum Fenster. Der Himmel riss auf. Ein gezacktes Loch war mitten im Grau, aus dem es gelb herausfiel. Rotes Licht in Strahlen dahinter. Leise Anweisungen waren zu hören. Das rote und das gelbe Licht flossen zusammen. Irgendwann war alles still. Zwei Kinder wurden vorbeigetragen, verschwanden hinten im Raum. Sie sollten untersucht werden. Ich ging durch Gänge und eine Kammer, bekam meine Kleidung wieder, legte die grünen Sachen ab, die ich im Operationssaal tragen musste. Dann in einem Zimmer, allein mit einer fahrbaren durchsichtigen Plastikwanne, an der zwei Schilder klebten: «Max» und «Luise». Zwei Köpfe waren zu erkennen. Die Wolkendecke hatte sich geschlossen, wieder nieselte es aus dem Grau.

Die Kinder schliefen. Vom Gang war ein Klappern zu hören, ein Wagen fuhr vorbei. Ich wählte mit meinem Handy einige Nummern und sagte: «Die Kinder sind da.» Dann dachte ich an einen Junitag, der ein paar Jahre zurück lag. Wir saßen auf einer Holzbank in der Mitte eines Parks. Eine Gruppe von Schwalben kam. Sie flogen über der Bank und unseren Köpfen hin und her, stiegen hoch und ließen sich wieder fallen. Wir hielten still, um sie nicht zu vertreiben, und sie blieben, zogen neue Schleifen. So kurze Flügelschläge, Pfeifen im Flug, schnelle Kurven. Sie entfernten sich, kamen noch einmal wieder. Drehten und wendeten, sausten über uns.

Die Geburt mit den eiligen Ansagen, den grünen Kitteln und der Angst trat zurück. Neben mir hatte der Anästhesist gestanden, der den Puls kontrollierte. Er hatte porige Haut und einen herabhängenden Oberlippenbart. Einmal sagte er etwas, das nicht zu verstehen war. Vielleicht war irgendetwas nicht in Ordnung. Sie hatte rasende Kopfschmerzen. Wie ein Traumbild kam es mir vor: ein Kind, das an die Brust der Frau gelegt wird, der Blitz der Kamera, die große Brille der Ärztin. Aber jetzt saß ich in einem weißen, stillen Zimmer. Auf hohen Beinen eine Plastikwanne: zwei Köpfe, die Gesichter zueinander gedreht, mit sehr wenigen Haaren. Sie lagen nahe beisammen, hatten eine Decke. Ich beugte mich über sie. Die Köpfe, nach vorne geneigt, berührten sich. Dann setzte ich mich wieder hin und wartete.

Wir kamen nach Hause und am Anfang war es ruhig. Sandra hatte Luise auf ihren Bauch gelegt. Sie bewegte sich, schlief dann ein. Sie lag mit wenig Festigkeit, Arme und Beine zur Seite, ein Arm hing herunter. Katzen liegen so, aber man selber kann das nicht: die Glieder verteilt, Länge und Schwere, die Ruhe selbst. Nur noch Schlaf, um einen Mittelpunkt gerollt, und der Atem, kaum zu hören – man muss sich hinunterbeugen – geht leise, ganz gleichmäßig. Uns sieht man auch in der Nacht die Kämpfe noch an, Streit und Unruhe. Im schlafenden Erwachsenenkörper ist noch Spannung, laufen Programme, wird gearbeitet, geruckt; es spricht, wirft sich herum, fiept. Die schlafende Luise war eine Mischung aus fest und flüssig.

An einem Morgen stand ich am Kinderbett und sah mir das Aufwachen an. Auf dem Gesicht erschienen verschiedene Züge: ein Lächeln, aber ohne Grund, eine Frage, die keine Frage ist, ein Runzeln der Stirn, weil die Stirn auch runzeln kann. Das alles nur kurz und angedeutet, die Gesichtszüge wurden nicht fest, Bewegung auf einer glatten Wasserfläche. Was später getrennt ist – man lächelt oder runzelt – lag noch zusammen. Man wusste nicht, was es werden sollte. So ein Treiben – wie man gedankenlos in einem Becher rührt. Auch Luises Finger spielten, ohne dass sie es bemerkte, ohne Zweck. Sie gingen in verschiedene Richtungen, bewegten sich einzeln, einer nach vorn, der Daumen wurde abgespreizt. Einfach war das nicht, langsam und nur mit Mühe ging es voran. Man wusste nicht, ob sie es selber wollte. Es sah aus wie ein Zählen, dann schloss sie die Hand, machte eine Faust.

Wie verletzbar das ist, ich setzte mich auf den Fußboden vor das Holzgitter des Bettes. Wie einfach es wäre, etwas zu zerstören. Luise war unglaublich klein. Ich hatte bis dahin nicht gedacht, dass es so kleine Menschen überhaupt geben könnte. Jetzt öffnete sie die Augen. Sie lag auf dem Rücken, sah erstaunt aus, durch die weiße Jalousie kam Licht. Es schien ihr hier zu gefallen, so wirkte es jedenfalls. Diese ersten Lächelübungen waren wie eine Frage, um zu testen, was passieren würde. Wieder war das Fließen zu sehen. Das Gesicht noch ohne Grenzen. Es war eine Anstrengung, die Gesichtszüge zu halten, damit sie nicht verliefen. Das Lächeln stieg von innen auf wie Wasser aus einer Quelle, die unter der Erde liegt: Ich suchte nach Worten und Vergleichen. Ich hatte so etwas noch nie gesehen.

Am Morgen so daliegen, ohne Grund für sich vergnügt, alles noch still, der Tag fängt langsam an. Klare Herbstluft durchs Klappfenster, der Geruch von Laub. Das Klacken einer Eichel auf der stillen Straße, die davon fast hallte. Bettwärme und Kühle, die einzog. Eine neue Eichel fiel von dem Baum, der an der Ecke zum Nachbarhaus steht. Luise lächelte. Es war friedlich. Aber am nächsten Morgen lief ich fluchend durch die Wohnung. In der Nacht war ich ständig wach geworden, immer hatte irgendjemand geschrien, und am Morgen, als Sandra sagte, ich solle doch schlafen, konnte ich nicht. Es war zu laut, ich legte mir Sandras Kissen aufs Ohr, aber das half nichts. Ich stürmte ins Kinderzimmer, Max und Luise hörten zum ersten Mal das Wort «Verdammt». Ich lief ins Bad weiter, beim Duschen war es mir unangenehm. Wie kann man über Menschen, die 14 Tage alt sind, fluchen?

Ich saß im Kinderzimmer, auch wenn es da nichts zu tun gab. Sie schliefen, das war beruhigend, man konnte den Gedanken nachgehen. Im letzten Sommer waren wir in Italien, hatten in Arezzo die «Legende vom heiligen Kreuz» von Piero della Francesca gesehen. Aus der blendenden Sonne des Marktplatzes, wo man auf den Boden sehen muss, in die roh gemauerte kühle Kirche. In der dunklen Halle erkennt man wenig, geht langsam und tastend bis zur Apsis, wo man den Kopf zurücklegt. Oben das Bild, wo der König in der Nacht schlafend liegt. Der Eingang seines Zeltes ist geöffnet, der dunkelgelbe Stoff fällt hinab. Die Müdigkeit des Wächters mit dem aufgestützten Kopf. Das Zeltdach zeigt in dunklem Rot zum Himmel, und von dort kommt der Engel in einer Diagonale herab. Das Licht, das von ihm ausgeht, beleuchtet den König, das Zelt und auch die Bewaffneten davor. Der König träumt den Engel, und sein Traum ist wahr. Es ist das schönste Nachtbild, das je gemalt worden ist.

Max schrie. Es stieg aus ihm, floss, sprudelte, ließ kurz nach, kam dann mit vollem Schwall; Schreien wie Sturm, schreiende Luft; Steine, die einen Abhang herunterrollen, hochspringen, einen Satz machen, aufschlagen, kollern, immer weiter. Ich stand mit ihm in der Küche. Meine Mutter war angereist, um uns zu helfen, und sie war länger geblieben als gedacht. Jetzt war sie mit Luise ins Bad gegangen, die sich vom Brüllen ihres Bruders anstecken ließ. Sandra hatten wir ins Bett geschickt. Sie war den ganzen Nachmittag mit Max beschäftigt gewesen.

Aus der Apotheke hatten wir Ohrenstöpsel besorgt. Es gab sie in verschiedenen Farben und Formen. Ich nahm die gelben aus Schaumstoff.

Was ich mit Max auch anstellte, sein Schreien änderte sich nicht. Ich hielt ihn hoch, hielt ihn waagerecht, zog ihn an mich; setzte mich auf den Küchenhocker, ging herum. Ich stand still, versetzte ihn in Schaukelbewegungen. Aber er hörte nicht auf, es hörte nicht auf, denn es schrie in ihm, der Körper krampfte, drehte sich. Der Schreispitz, der Schrei gellte, drohte zu reißen. Kurze Stille, die hält, vielleicht hält – es brach hervor, der Mund aufgestoßen, es schrie aus ihm. Gellende Luft in der Wohnung, Brüllen und Zittern.

Ich war entsetzt. Es sind Blähungen, es sind die Gedärme, noch nicht funktionstüchtig, es ist ungefährlich, sagte das Säuglingsbuch. Jetzt war ich kein Zuschauer mehr. Zwar hielt ich Max, aber noch mehr hielt er mich. Ich wurde gegriffen, in mir war ein Sturm und außen wackelte der Küchenhocker, auf dem wir saßen, so ein billiges Ding, das ich vor kurzem zusammengeschraubt hatte. Ich versuchte, mir Mut zu machen, sagte mir, dass es vorbeigehen würde, dass es unmöglich noch viel länger dauern konnte, kein Kind würde das durchhalten, alle Kinder müssen schlafen, alle sind irgendwann friedlich und lächeln selig. Max schrie. Er schrie durch alle Ohrenstöpsel. Die Hebamme, die uns in den ersten Tagen besuchen kam, sagte auch, dass es Blähungen seien. Sinnlose Gedanken wehten vorbei. Die Pythagoräer, eine Philosophengruppe aus der Antike, hielten Blähungen für Dämonen. Die Dämonen setzen sich im Inneren des Menschen fest, hausen dort, räkeln sich, sausen durch den Bauch. Dann lachen sie über die Schmerzen und die Geräusche des Hinterteils. Pythagoräer durften deshalb keine Bohnen essen.

Max' Gesicht war rot, dunkelrot, es bestand aus Falten. Die Augen waren in einer Falte verschwunden, aus der es herauslief. Er war zerknittert, ohne Haare, auch im Nacken rot. Seine Stirn war gefurcht. Der Mund ein Loch, das bebte und zitterte. Irgendwann lag er vor Erschöpfung still. Er war noch gar nicht in der Welt angekommen. Die großen geöffneten Augen konnten den Blick nicht halten, und er sah irgendwohin, in eine Ferne, oder nach innen. Er schaute durch uns hindurch, wir konnten seinem Blick nicht folgen, er träumte mit offenen Augen, war woanders.

Er verkroch sich in Sandras Arme, schloss die Augen und zog sich zusammen. Er wurde rund. In der Armhöhle wie ein Maulwurf, der sich in die Erde eingraben will. Dann schlief er ein und träumte, bildete ich mir ein, vom Leben vor der Geburt. Das war ein Gleiten im Inneren, wo er in einer Blase lag, umspielt wurde. Schmerzlos, geschützt, friedlich wurde er umhergetragen. Außen die Wärme, der Puls, der sagt, dass man nicht allein ist, dass alles seinen Gang geht. Warmes Pochen, die Geräusche gedämpft. In einer Schlafkapsel liegen und träumen. Kein grelles Licht, und niemand ist da, der anfasst und zerrt. Man muss nichts und soll nichts. «Er muss 20 Milliliter trinken, weniger nicht, bis zu dieser Marke, sonst nimmt er ab», sagte die Hebamme. Es war eine ältere Hebamme mit streng zurückgekämmtem Haar und kantigem Gesicht. Sie sah Max und mich skeptisch an.

Ja, ich hatte seltsame Gedanken, wenn ich Max und Luise auf einer Wolldecke liegen sah, die Köpfe zueinandergedreht. Er hatte sich in ihre Halsbeuge geschoben, die Augen geschlossen. Gibt es nicht Musik, die uns in jenen Zustand vor dem Sturz in Licht, Kälte und Hände versetzen kann? Die uns aus der Welt herausnimmt? Vielleicht hatte ich solche Sehnsüchte. Auch ich wurde angefasst, auch an mir wurde gezerrt. Früher war es anders. Ich konnte gehen und fahren, wohin ich wollte. War frei, mochte nicht berührt werden – diese ständigen Umarmungen beim Begrüßen. Ich war der Spötter, saß mit anderen Spöttern in der Kneipe. Saß zu Hause, die Füße auf der Schreibtischkante, kippelte mit dem Stuhl vor und zurück. Das war die Zeit, in der Nena sang: «Heut komm ich, heut geh ich auch». Das konnte ich immer noch summen, fast der gesamte Text fiel mir noch ein. Aber jetzt wurde ich mitgenommen, begann eine neue Fahrt, ich steuerte nicht. Und hatte keine Ideen, sondern Aufgaben, und es gab eine Ordnung, die den Tag und die Nacht bestimmte.

Wasser aufsetzen, sechs Flaschen und Sauger in den Sterilisator. Wasser abgießen, abkühlen lassen. Flaschen nach Erlöschen der Kontroll-Lampe entnehmen, 80 ml Wasser einfüllen, Flasche eins bis sechs. Die Pulvertüte nehmen, den Messlöffel, fünf

Löffel «Aptamil» einfüllen, links beginnen. Flaschen mit den Saugern verschließen, dann schütteln. Sauger wieder öffnen, Flaschen bis zur Markierung von 180 ml auffüllen. Reihe eins bis sechs erneut verschließen, zusätzlich die Schutzhüllen aufsetzen. Flaschen kräftig durchschütteln, Reihe zweimal abgehen. Flaschen in die Kühlschranktür stellen. Messlöffel in die Pulvertüte legen, diese schließen. Den Sterilisator reinigen. Flaschenwärmer für die Nacht vorbereiten, Wasser zum Einfüllen danebenstellen, Wecker auch. Licht löschen, die Küche wird dunkel, ich darf mich hinlegen, Nacht.

Die war nicht lang. Um halb zwei oder zwei oder halb drei ertönten die ersten Vorbereitungslaute aus dem Kinderzimmer, eine Art Lallen. Dann eine Pause, auf die ein seltsames Geräusch folgte: wie ein Stein, der über Asphalt gezogen wird. Und dann das Schreien, das ohne Anlauf gleich die volle Lautstärke erreichte, die Wohnung füllte. Also die Socken, der Steinfußboden ist kalt, also die Fleece-Jacke, Reißverschluss zuziehen. Zuerst in die Küche, um die Flasche in den Wärmer zu stellen. Dann mit dem Kind in den hohen geschwungenen Sessel, den uns eine Großtante vererbt hatte. Die Flasche holen. Das alles ging wie von selbst. Manchmal wusste ich gar nicht, ob ich Max oder Luise hielt. Das zweite Kind saß mit Sandra an einem anderen Platz. Die Wohnung war vom orangefarbenen Licht einer Nachtlampe schwach erhellt, einem quaderförmigen Stein, von Adern durchzogen. Eine Freundin aus London hatte ihn uns zur Geburt geschickt, wir fanden ihn originell. Bis in einem Geschäft um die Ecke ein Dutzend dieser Lampen nebeneinander stand. Das Licht war trotzdem schön.

Auf der einen Seite des Zimmers der große Schrank, massiv, symmetrisch, Pinie und Nussbaum, wirkte beruhigend. Durch das Schrägfenster, unter dem wir saßen, waren in den klaren Nächten des ersten Winters die Sterne zu sehen. Langsames Saugen und Schlucken auf dem Schoß, es dauerte, es dauerte. Über meiner Schulter ein weißes Stofftuch, um Milch zu wischen. Ich zählte, um nicht müde zu werden, die Flaschen im Weinregal, trennte Rot- und Weißwein, zählte die Schatten hoch und runter. Die große Palme an der Treppe. Ihre Äste sahen aus wie gehobene Arme. Dann kniete ich vor dem Kühlschrank, aus dem Licht fiel, brauchte ein Brot, und zwar mit Leberwurst, das Brot meiner Kindheit.

2.

Mit einem Laufgitter auf der Treppe. Warum ich mir eine Stoffwindel um den Kopf band. Pumpend auf der Couch werden wir weniger. Puma gegen Bär. Mit einem leuchtend grünen Windelsack im Garten.

Wir hatten ein Laufgitter bestellt. Früher war das politisch nicht korrekt. Aber Max und Luise sollten nur manchmal darin liegen. Sie wären sicher, und wir hätten die Lage unter Kontrolle. Der Mann, der es mit dem Lieferwagen brachte, stellte es unten an der Hauswand ab. «Steht so im Vertrag», er ließ mich unterschreiben und war verschwunden. Es war ein flaches, sehr umfangreiches Paket, denn der Boden des Gestells ließ sich nicht zerlegen und war aus massivem Holz. Zu unserer Wohnung in einem alten Haus führt eine Außenwendeltreppe aus Metall. Sie klingt bei jedem Schritt, dreht sich in den ersten Stock hoch und brachte uns Kommentare ein, wie wir die Babys denn dort hoch und runter transportieren wollten. Größere Kinder hatten «Hexentreppe» gerufen.

Aber darüber dachte ich nicht nach, nahm das Paket, schob mich in den Treppenaufgang und ging die ersten Stufen. Ich sah wenig, weil das Paket vor mir war und auch noch über der Geländerhöhe gehalten werden musste. Ich kam langsam voran, schwankte: nach außen übers Geländer, dann musste ich das Ganze an mich ziehen – nach innen, vom Rückwärtsfall die Treppe hinunter bedroht. Wie eine Krähe, die ich einmal gesehen hatte, mit einem viel zu großen Ast im Schnabel, mit dem sie nicht starten konnte. Sie balancierte, zerrte, brach ab. Setzte den Schnabel an verschiedenen Stellen an, bis das Abheben schließlich gelang. Erst als das Gitter oben in der Wohnung montiert war und ich das Ganze anhob, fiel mir auf, dass ich es nicht tragen konnte, es war zu schwer. Sandra sah mich besorgt an, aber auch mit etwas Bewunderung.

Nicht nur im Laufgitter, irgendwo lag immer ein Kind herum. Einmal hatte ich schon die Bettdecke gegriffen, als ich mitten in dem Deckenhaufen die unglaublich kleine Luise sah. Erschrocken ließ ich los. Sie lag auf dem Rücken, dann streckte sie die Beine senkrecht nach oben, eine Art Kerze, Babykerze, die sie erstaunlich lange halten konnte. Immer musste einer genommen und gewickelt werden, manchmal beide, dann lagen sie nebeneinander auf der Kommode, äugten vergnügt, hatten dicke Beinringe, in die ich hineingriff. Immer musste einer gefüttert werden, denn mit dem Stillen kam Sandra nur gegen einen Teil des Hungers an. Sie lagen rechts und links auf dem Teppich, ich hatte in beiden Händen eine Flasche, testete die Temperatur auf dem Handrücken, setzte an. Milch lief über, wo war das Stofftuch: wischen. Flaschen absetzen: Protest, Schreien.

Schwierig konnte es werden, wenn ich allein mit ihnen zu Hause war. Zuerst war es schön, wenn sie auf dem Teppich lagen, kleine Spielzeuge, eine Plastikdose, einen Stoffwurm in den Händen. Dann ließen sie es fallen, wurden unruhig, ruckelten auf dem Boden. Sie waren auf der Kippe, wollten schreien, und das Einzige, was blieb, war der Einsatz eines starken Reizes, der sie verblüffte und bannte. Sie müssen das Schreien vergessen, und ich bewegte ein leichtes, dünnes weißes Stofftuch durch die Luft. Max und Luise spürten den Luftzug, sahen die langsame Bewegung des Tuches, das gehoben wurde, sich bauschte und senkte. Ich hielt es an zwei Ecken, breitete es aus, es füllte sich mit Luft. Es stand in der Luft, fiel langsam, wurde glatt. Es legte sich auf die Kinder, ich hob es an, sie lächelten. Aber länger als zehn Minuten kann man mit so einem Tuch nicht herumwallen.

Was sollte ich tun? Ich legte mir das Tuch über den Kopf, beugte mich zu ihnen, war ein Gespenst. Es wohnte im Wald, versteckte sich hinter den Bäumen und wollte die Neuankömmlinge auf Erden begrüßen, wie ich mit hoher Stimme erzählte; Max und Luise waren zufrieden. Die Gespenstergeschichten bewährten sich, ließen sich ausbauen, ihrem Entwicklungsstand anpassen. Kleine Gespenster rodelten in Winternächten auf Kastanienblättern. Kleine Gespenster besuchten unser Nachbarhaus, streiften dort den Dackel, der angstvoll zu knurren begann, rückwärts ging, die Kellertreppe hinunterfiel. Aber es war erst die Hälfte von Sandras Arbeitsstunden vergangen, ein nächstes Thema musste her. Ich band mir das Tuch um den Kopf, war eine alte Dame, die auf einem Spaziergang in unseren Kinderwagen hineinschaute: «Zwillinge? Junge und Mädchen? Doppelte Freude, aber auch doppelte Arbeit. Schönen Tag.»

Es war eine neue Fahrt, und ich entschied nicht, wohin es ging. Fand mich wieder: auf dem Fußboden mit einer Stoffwindel um den Kopf. Früher hatte ich den Wolken nachgesehen, schwerelosen Gebirgen aus quellendem Weiß, die Gedanken wanderten mit. Jetzt kannte ich mich nur mühsam: Wer war das, der vor einem Raupen-Mobile stand und die Familienverhältnisse der Tiere erläuterte, während Max und Luise mit blank geputzten Augen hinaufsahen? Wer sind die Eltern, welche Farbe haben sie, wie viele Kinder? Dann kam ich auf den Zusammenhang der Raupen mit dem zugehörigen Apfel zu sprechen, in dem ein Stück fehlte. Schließlich wurden die Ringe am Bauch der langen blauen Raupe gezählt, vor und zurück, um das Mobile abschließend in kreisende Bewegung zu versetzen.

Aber ich war zum Glück nicht der Einzige, der sich seltsam benahm. Mit Besuchern, die gekommen waren, saßen wir in einem Kreis auf dem Fußboden, Max und Luise in der Mitte. So haben sich unsere Vorfahren vor der Höhle versammelt und den Nachwuchs begutachtet. Die Unsicherheit und Fremdheit am Anfang von Besuchen war verschwunden. Die Gäste gingen ohne Schuhe, hatten eine Stimme, die man noch nie gehört hatte, pürierten freudig Bananen. Wir sprachen über Gottfried Benn, seine späten Werke, viel besser als die raunenden ‹Statischen Gedichte›. «In meinem Elternhaus hingen keine Gainsboroughs», sagte Anton vor der Wickelkommode, als ich Luise auspackte. Mit einem Kollegen gingen wir in einem Wildgehege spazieren. Er wollte den Kindern zeigen, wie Ziegen Blätter fressen, sprang über einen Graben. Dort pflückte er von den jungen Bäumen saftig-helle Blätter ab, zog an den Zweigen, rupfte, bis kein Blatt mehr übrig war.

Wie war ich groß geworden: Zugreifen sollte man, Chancen entdecken, alles war möglich. Jetzt wurde zugegriffen, wurde entdeckt, und in der Tat, alles war möglich. Ich kannte nun das leise klappende Geräusch eines Schnullers, der aus dem Mund auf die Matratze fällt – und die Gedanken unterbricht. Mit schnellen Sätzen war ich im Kinderzimmer, spürte den Türrahmen an der Schulter. Im Halbdunkel tastete ich nach dem Schnuller, fand ihn gleich, steckte ihn schnell Max in den Mund, um das drohende Erwachen zu verhindern. Ich wartete – diesmal war es gelungen, er rührte sich nicht.

Es war ein guter Dienst. Es sind lebende Wesen, die mich halten. Ich hatte ein Haus, in das ich gehörte, wo ich gebraucht wurde, das war schön – auch wenn es eng war, auch wenn ich fluchte, schon am Morgen anfing und Sandra damit zur Verzweiflung trieb. Ich war viel zu Hause. «Homing» nannten sie das in coolen Bezirken, hatte ich irgendwo gelesen, und Homing war angesagt. Das sei die Absetzbewegung von den Selbstverwirklichungsexzessen der älteren Generation, stand in dem Artikel. Vielleicht stimmte das. Ich fand unter der Heizung eine Rassel wieder.

Sandra lag schon ausgestreckt auf der Couch, die Augen geschlossen. Sie wirkte am Abend manchmal ein wenig leblos. Sie hatte einen halblangen Morgenmantel aus rosa Flauschstoff an. Den trug sie oft, nicht nur am Morgen, denn der Morgen fing in der Nacht an und verlängerte sich, die Tageszeiten liefen ineinander, und dieser Mantel war leicht zu handhaben. Ihr pumpender Atem, als ich mich neben sie setzte. Sie haben ihr die Kraft abgezogen, saugen sie aus, haben sie im Griff. Dabei hatte sie einen ungeheuren Appetit, aß vor dem Mittag eine Röhre mit Oliven. Wenn ich beim Schlachter Fleisch kaufte, sahen mich die kräftigen Verkäuferinnen, die mich für gefährlich unterernährt hielten, nun anerkennend an: Diese Mengen fanden sie akzeptabel. Wir aßen schnell, aber nahmen nicht zu. Nur Max war so kräftig geworden, dass die strenge Hebamme sagte: «Um den Dicken müssen wir uns keine Sorgen machen.»

Max und Luise, die nun in den Betten hinter der Tür lagen und hoffentlich schlafen würden. Im Neuen Testament sagt Johannes der Täufer: «Er muss wachsen, ich aber muss abnehmen.» Dieses Gesetz galt: Sie müssen wachsen, wir müssen abnehmen. Seit ihrer Geburt befand ich mich auf einer schiefen Ebene. Hälfte des Lebens, der Weg geht bergab. Im Spiegel Falten, die denen meiner Mutter ähnelten, senkrechte Furchen. Ich spürte die Knie, wenn ich auf dem Boden hockte, den Rücken, wenn ich mich hinunterbeugte, und ganz unbekannte Muskeln, weil ich Kinder von einer Stelle zur anderen trug. Sandra war auf der Couch eingeschlafen. Wir haben unseren Dienst getan, jetzt braucht uns die Natur noch zur Aufzucht.

Um von solchen Gedanken loszukommen, sah ich Fernsehprogramme durch. Ein Puma mit zwei Jungen hatte in einer Winterlandschaft mit einem mächtigen Bären zu tun. Das erschien aussichtslos. Aber die Jungen mussten verteidigt werden, und deshalb lief die Katze um den Bären herum und fauchte. Der Bär drehte sich hinterher, war verwirrt, wusste nicht, was das sollte. Dann eine Pause, in der die Tiere still hielten, sich nichts bewegte. Neues Fauchen, Vortäuschen eines Angriffs, Andeutung eines Sprungs. Standortwechsel, der Puma nun im Rücken des Bären. Die Kleinen standen zusammengekauert am Rand und sahen zu. Als die Katze einige Schritte zurückwich, um dann mit spielerisch wirkenden Sätzen, komischen Hopsern auf den Gegner zuzuspringen, wurde es dem Bären zu anstrengend; er tollte ab, verschwand zwischen den Felsen.

Um uns herum war nun Natur. Früher war sie draußen. Früher hatte ich die Sportsachen angezogen, war eine Runde durch den Wald gelaufen, der Puls ging, aufsteigende Wärme. In der Studentenzeit fuhr ich am Abend ans Meer, die Arme im Sand aufgestützt, langsames Auf und Ab des Wassers. Ausläufer von Schaum, die an den Strand geschoben wurden. Der Schaum blieb in einer Linie hängen, wenn das Wasser zurückfloss, Schaumlinien hintereinander. Bis eine größere Welle kam, sie wegspülte.

Aber jetzt war es anders. Die Natur kam zu uns, breitete sich in der Wohnung aus. Die Zimmer hatten sich verändert, der Tagesablauf hatte einen Rhythmus, und auch in uns wirkten Kräfte, die wir nicht kannten: Es war ein hoher schwarzer Hund, der auf den Kinderwagen zulief. Er war größer als der Kinderwagen. Sandra trat ihm mit schnellen Schritten in den Weg. Sie standen Auge in Auge. Bis dahin hatte sie selbst vor den kleinsten Hunden Angst. Die Jungen mussten verteidigt werden. Der Hund drehte ab.

Die Jungen mussten sauber gehalten werden. Wir wischten mit Feuchttüchern an ihnen herum. Die Feuchttücher gab es in einem Bereich des Drogeriemarktes, den wir bis dahin nicht kannten. Wir waren immer an ihm vorbeigefahren, hatten vielleicht einen ahnungslosen Blick hineingeworfen. Jetzt wussten wir, diese Ecke war reichhaltig und differenziert. Die Feuchttücher kauften wir im praktischen Vierer-Vorrats-Pack. Ich lud Milchpulver ein und sah mir die Breie an: Vierkorn, Dinkel, Buchweizen, Hirse und Hafer. Hafer schien mir als Breiverächter am erträglichsten. Ich nahm gleich die ganze Palette. Dann suchten wir nach Sicherungen für die Steckdosen.

Unser Verhalten war seltsam, aber das war es nicht, was mich verwirrte. Ich mochte es, wenn Besucher mit den Kindern spielten, sie anbellten und ihnen in einem unbeobachteten Moment in den Bauch bissen. Es waren die Gesetze, denen ich jetzt gehorchte. Ich war in eine Welt geraten, die ich nicht kannte. Sie roch seltsam. Da waren Geräusche, die ich noch nie gehört hatte. Ich verstand wenig. Wie die Kinder musste ich Dinge anfühlen, betasten und drehen, um sie vielleicht später zu begreifen. Aber war das verkehrt? War es nicht eine Befreiung? Dass man keine Zeit mehr hatte, über sich selbst nachzudenken. Dass ich meinen Ort, meinen Dienst hatte, der um fünf Uhr morgens begann. Ich wusste, wohin ich gehörte. Zweifel waren nicht möglich. Ich hatte es mir nicht ausgedacht, und es würde nicht morgen zerplatzen wie vieles andere vorher: Diese Anfänge, neuen Freundschaften, die Orte, wo ich selber ein anderer sein wollte, ohne das Gewicht der Eigenschaften, die ich hasste. So viele halbwache Träume von Landschaften ohne Schwergewicht, in denen man mit Menschen wanderte, die aus Erinnerungen auftauchten. Die Idee, an einer Ecke plötzlich abzubiegen; der Drang, in einen anderen Zug zu steigen; die Phantasie, angesprochen und mitgenommen zu werden. Nun hielt ich eine Milchflasche. Nun war auf meinem Schoß ein zufriedenes Glucksen zu hören. Nun sah Luise mich an.

Ständig sind wir unsicher, wissen nicht, was wahr ist oder richtig und gut. Immer machen wir Einschränkungen: «Ich denke», «kann sein». Und sind doch umgeben von Natur, die genau weiß, was nötig ist. Sie kommt voran. Auch wenn es manchmal lange dauert. Ich sah zu, wie Max einen blau-weiß geringelten Stoffwurm zu greifen versuchte. Er griff daneben, probierte es wieder, ließ es sein. Seine Hand näherte sich, glitt ab. Aber irgendwann konnte er es, hielt ihn fest, und so kam eins zum anderen, funktionierte ganz sicher. Dagegen diese nervöse Lebensbahn, Kurven und Zacken, in eine Richtung, von der ich nicht weiß, ob es die wahre ist. Wie kann das sein, wir sind doch auch Natur? Der Körper fasst Entschlüsse: Mechanik, die greift, Chemie, die Stoffe versendet. Und dennoch das Zögern, das Überlegen, das Umkehren. Das Klare und Dunkle sind seltsam gemischt, dachte ich, als ich spät am Abend einen Windelsack die Treppe hinunterbrachte. Er leuchtete hellgrün, ich tapste durch das Gras, das ich nicht sah. Hob den Deckel der Mülltonne und warf den schweren Sack im Bogen hinein.

3.

Wie Max den Blättern zuhörte. Warum ich ein Reh anstaunte und über seine Bestimmung nachdachte. Taufe in der Ostsee. Da, da, da. Dada. Halbmond im Rundfenster, Mond-Magnet.

Am Abend zum Möbelmarkt, weil wir etwas brauchten wie in der ersten Zeit fast immer. Freunde hatten eine praktische Windelbox, die an der Seite der Wickelkommode befestigt war; über den Erbsessel wollten wir eine Wolldecke legen, weil er immer bespuckt wurde. Die Autobahn führt an einem stillgelegten Stahlwerk vorbei. Es war in der Dunkelheit angestrahlt, leuchtete im roten und braunen Rost. Es stand wie ein erhobener Krake da, so ein Stahl gewordenes Urtier, die hohen Greifer zur Seite gestellt. Daneben ein neues Werk, das in Betrieb war: Rauch quoll aus den Luken, Fetzen und Ballen tauchten über der Straße auf. Trieben ins Licht, verschoben sich, rissen auf. Die Straße zog eine weite Kurve, ich hörte Musik. Das war zu Hause nicht möglich, höchstens mit Kopfhörern, Bob Dylan, «All along the watchtower», eine seltsame Geschichte: Prinzen auf Wachtürmen, Reiter, die sich im Dunkeln nähern. Draußen heulte Wind, die Rauchfetzen zogen ab. «Outside in the distance», die Kurve nahm kein Ende – neben mir hupte einer mehrmals und starrte mich an.

Ich war nicht gerade schwerelos, aber doch kurz davor. Ich war müde und hellwach, alles ging von selbst. Dann liefen mir Schauer über den Rücken, und ich hatte das Gefühl, heiligen Dingen beizuwohnen. Dabei geschah fast gar nichts. Max lag am Morgen auf dem Rasen. Er hatte die Beine in die Luft gestreckt. Der Himmel war hell, fast durchsichtig gelb, ganz oben blau. Die Sonne würde durchkommen. Die Luft noch frisch, schon warm. Max lag in der Nähe eines jungen Pflaumenbaums. Er hörte, dass der Wind durch die Blätter ging, sie aufrascheln ließ. Er weiß nicht, woher das Geräusch kommt, dachte ich. Aber was wusste ich? Ich stand außen, sah zu. Der Wind hob die dünnen Zweige, bewegte sie zur Seite. Max war ganz Ohr. Sein Gesicht zu einer Frage geformt. Wie musste es sein, am Anfang des Lebens Blätter rascheln zu hören? Wir beide hatten Fragen.

Luise lag im Wagen, schnappte nach dem Wind, wenn ein Luftstoß kam, schloss den Mund. Sie spürte den Wind in der Nase, atmete sichtbar, verengte die Augen. Starke Luft, die von vorn kam, packte sie ein. Ich schob den Kinderwagen am Nord-Ostsee-Kanal entlang. Zwischen der Uferböschung und dem Wasser ein schmaler Weg. Als Kind hatte ich hier gespielt. Mit Freunden hatten wir Steine aus der Uferböschung genommen und in Richtung der vorbeifahrenden Schiffe geworfen. Manchmal klappte es, und man kam bis zum Bug eines hohen Containerschiffs. Dann hallte die ganze Gegend, zwischen den Ufern hielt sich der Laut lange. Ein Seemann rief uns vom Schiff herunter etwas zu, wahrscheinlich einen Fluch. Aber er konnte das Schiff ja nicht anhalten. Jetzt fuhr ein Containerschiff mit sehr hohem Rumpf vorbei, dunkles Orange.

Der Wind kam von vorn. Ständiger Wind, alles gefüllt mit Wind, wir wurden durchlüftet. Ich drehte die Karre, in der Luise nach vorn lag, nicht um. Sie war wach, ganz ruhig, zog die Luft ein, schluckte. Beim Ausatmen musste sie gegen den Druck pusten. Der schmale Weg aus Steinplatten, die den Wagen ins Ruckeln brachten. Nach einiger Zeit fing Luise an zu summen. Ich schob gegen den Wind, über dem Wasser kreisten Möwen. Die ließen sich fallen, stürzten zum Wasser, stiegen wieder hoch. Ließen sich vom Wind seitwärts treiben. Ihre kurzen, kehligen Rufe, ein Kreischen, dann Krächzen, das sich wie Lachen und Klagen anhört. Hinter der nächsten Kurve verschwanden sie, Luises Summen war wieder zu hören.

Max auf dem Rasen, der Wassersprenger angestellt. Die dünnen Strahlen fallen auf die Blätter. Der Sprenger schwenkt zur anderen Seite, ist nicht zu hören. Kommt langsam zurück. Die ersten Tropfen segeln auf die Büsche, werden lauter. Vom Rieseln zum Prasseln, der Strahler ganz gesenkt. Hebt sich wieder, das Wassergeräusch nimmt ab, verschwindet. So ging es vor und zurück, pendelte den Nachmittag dahin. Es tropfte überall, Pflanzen und Erde rochen nach Wasser. Wir redeten nicht, saßen mit aufgestützten Armen im Gras. Das Wasser legte sich zur Seite, segelte flach. Stieg langsam bis zum Gipfel, ein Springbrunnen, perlte senkrecht. Die Strahlen gingen herunter bis zum Boden, aber nicht ganz. Max hörte zu, alles war still.

Am Tag zuvor war ich mit einem Freund gelaufen. Ich hatte ihn auf ein Reh hingewiesen, das in der Mitte eines frisch besäten Feldes stand. Die niedrigen Halme kräftig grün. Mein Mitläufer sah mich skeptisch von der Seite an, denn natürlich standen hier täglich solche Rehe auf solchen Feldern, und deshalb redete ich nicht weiter. Das Reh hielt still, um dann in hohen Sätzen zum Rand des Feldes zu laufen, eigentlich zu schweben, denn die Schwerkraft gilt da nicht so ganz. «Das Reh, das über die Saat springt, scheint seine Bestimmung ganz zu erfüllen», dachte ich, und dachte jetzt immer solche Sachen. Das Reh ist eins mit dem Sprung, und was für ein Anfänger ist der Mensch dagegen, wie wir beide am Feldrand entlangliefen. Der Freund leicht gebückt, ich mit schwerem Schritt auf dem schmalen Asphalt. Beide gerötet, der Wind zottelte in den Jogginganzügen. Ich sah dem fliehenden Reh hinterher, der Spannung im Flug. Dass es den Boden berührte, war kaum zu sehen, schon im nächsten Satz, streckte sich lang aus; wir pusteten heftig.

Schon früh hatten wir daran gedacht, Max und Luise an die Ostsee zu bringen. Sie waren im tiefen Südwesten Deutschlands geboren, sollten mit dem Meer in Berührung kommen, an dem ihre Eltern groß geworden waren. Wir fuhren im Sommer nach der Geburt zum Strand. Zuerst war Max an der Reihe, er trug ein weißes Oberteil, wir gingen ins flache Wasser. Luise saß am Strand. Ganz aufrecht,

Beine und Körper im rechten Winkel, allein auf der weiten Sandfläche, denn es war noch früher Morgen. Sie sah zu uns herüber. Max wusste nicht, dass er auf dem Sand unter dem klaren Wasser stehen konnte. Er hatte die Beine angezogen, die Knie gewinkelt, sah hinunter. Die auslaufenden Wellen umspielten Füße und Waden, Schaum bildete sich, weiße Blasen, die mit dem kühlen Wasser an- und abliefen. Sand wurde aufgewirbelt. Ich schaukelte ihn vor und zurück. Dann Luise. Ich tauchte sie vorsichtig ein, und ihr gefiel es. Max hatte es doch eher seltsam gefunden, sie aber gluckste, wollte im Wasser bleiben. Als ich sie hochzog, um meinen Rücken zu strecken, knurrte sie ärgerlich. Strampelte mit den Füßen, bis ich sie wieder hinunterließ, Wasser spritzte. Meine Hose war inzwischen bis über die Knie nass. Sandra machte Photos.

Später saß ich mit meinem Sohn wieder im Garten, er auf meinen Knien, die Augen weit geöffnet, der Kopf rund und glatt. Wir sahen uns an. Sein Blick war fest und still. Ob er sich wunderte, wie ich hierher kam? Wie es kam, dass wir beide jetzt hier saßen? Mich wunderte es auch: Was hatte uns zusammengebracht, hier an diesem Ort? Sein Blick kam mir prüfend vor, nicht unfreundlich, aber genau. Wer hatte es entschieden, dass er und ich uns langsam kennenlernten? Ein altes Photo fiel mir ein, auf dem ich etwas älter war als Max, und meinen Vater an der Nase festhielt.

Ich nahm einen Schluck Tee. Max sah mir in die Augen, während ich immer wieder neu ansetzte. Ich sah von oben hinunter, er sah hoch. Ich war der Vater, vielleicht wollte er das mit seinem Blick sagen. Aber er bestimmte mein Leben. Was ich zum Entstehen dieses Jungen mit dem runden Kopf beigetragen hatte, kam mir nicht besonders erheblich vor. Früher hatte ich Scherze gemacht: Gut gezeugt ist halb gewonnen. Aber das war lange her. Einmal in die Welt gesetzt, geschah so vieles, dem ich nicht folgen konnte.

Sandra bemerkte einmal, dass sie nicht so viel Zeit habe, sich Gedanken über die Veränderung ihres Lebens, das Neue in der Welt und das Freiheitsgefühl von Eltern zu machen. Sie sagte das durchaus freundlich, stellte sich zu mir ans Fenster, als ich gerade gedankenverloren hinaussah. Sie mache 80 Prozent der Arbeit, ich mache mir 80 Prozent der Gedanken. Ich wollte nicht völlig widersprechen, zählte aber schnell auf, was ich in den letzten drei Tagen alles getan hatte, und das war nicht wenig. Außerdem war ich oft erschöpft, war durcheinander und musste mir wenigstens ein paar Notizen machen dürfen. Sandra legte mir die Hand auf die Schulter und ging dann zurück in die Küche. Eigentlich war sie viel empfindlicher als ich, aber nun hatte sie Nerven aus Stahl. Weil sie so hart arbeitete, schlief sie auch viel besser, lag wie ein Stein da, während ich aus wirren Träumen aufwachte.

Die Kinder richteten Laute an die Gegenstände, die sie umgaben. Nach einigen Wochen begann Max mit den Figuren auf einer Decke zu sprechen, die neben ihm lag. Es waren blaue Männchen, uns waren sie nicht aufgefallen. Er sprach sie immer wieder an, sagte «Hau», wobei das «H» wie in «Hauch» klang, das «Au» wie in «Tau». Er sprach mit einer Stimme, die fast noch keine Kraft hatte. Man wusste kaum, woher sie kam. Vielleicht wollte er sehen, ob die Gestalten reagieren würden. Vielleicht gefiel ihm auch das Sprechen, denn anstrengen musste er sich nicht. Er hatte irgendein Verhältnis zu diesen Männchen. Wie sahen sie aus, was wollte er von ihnen?

Die Kinder konnten mit allem sprechen, mit Tieren sowieso, das war keine Kunst, aber auch mit Gegenständen, und einmal redete Max mit einem Stein. Sie legten Dinge, die ihnen wichtig waren, um sich herum in einen Kreis. Alles konnte dazugehören, eine Nuss, die Tesafilmrolle, eine Bürste. Sandras Personalausweis fanden wir dort wieder. Luise erschloss sich mit «Da»-Rufen die Welt. Wochenlang, vielleicht waren es Monate, sagte sie «Da». Es hatte Rhythmus, war ein Trommeln, nahm die Form eines Stakkatos an: «Da-da, da-da-da, da, da-da-da-da-da. Da-da.» Dabei nahm sie den energisch vorgestreckten Zeigefinger zur Hilfe: Windmühle, «Da», Holzelefant, «Da», Uhr, «Da-da-da.» So ordnete sie die Welt.

Einmal ging auf der Straße eine Familie mit einem kleinen Kind vorbei, das «Da-da-da» sagte wie Luises Echo. Vielleicht stellten die Kinder eine Verbindung zu den Gegenständen her? Vielleicht sollten es auch schon Fragen nach den Namen der Dinge sein? Erst später begannen sie Unterschiede wahrzunehmen. Die schmale schwarze Katze, die oft über unseren Rasen lief, wurde mit «He», «Hö» angesprochen. Das sollte sie am Weglaufen hindern. Dann wieder «Da-da-dada». Wir hörten aufmerksam zu. Am Zaun kamen größere Kinder vorbei: «Du bist heute nicht in unserer Bande.» «Das ist mir scheißegal».

Ein Freund war am Abend zu Besuch, als Luise nicht einschlafen konnte. Er trug sie in der Wohnung herum, während ich am Tisch saß und Wein trank. Weil ich nicht mehr ins Weingeschäft ging, bestellte ich jetzt im Internet. Der Paketbote hatte einen Zwölf-Flaschen-Karton die Treppe hochgeschleppt. Sandra hatte ihm viel Trinkgeld gegeben, das war in Ordnung, wir kamen sowieso nicht mehr zum Geldausgeben. Milder badischer Rotwein. Der Freund ist sehr groß. Er hatte ein Holzfällerhemd und eine Cordhose an und ging mit Luise auf und ab. Er ging langsam, wanderte durch den langen Raum, drehte um, kam zurück. Vor mir machte er wieder kehrt, begann eine neue Bahn. Luise lag in seiner Armbeuge. Dort wirkte sie, obwohl sie nun schon einige Monate alt war, sehr klein. Man konnte fast Sorge haben, wenn man sie in seinen kräftigen Armen sah. Dabei war er vorsichtig. In Abständen hörte ich Laute von Luise, oder er vermeldete, dass ihre Augen immer noch offen seien. Ich goss Wein nach, mit dem ich sehr zufrieden war. Wie erstaunlich, dass man sogar das Einschlafen lernen musste. Ich konnte meinen Kopf auf eine Tischplatte legen und einschlafen.

Er erzählte mir, dass er früher im Kirchenchor war, und fing an zu singen. Zuerst sang er «Befiehl du deine Wege.» Sein Weg und der von Luise gingen auf und ab durch unsere Wohnung. Er hatte auch in Wagners «Parzival» mitgesungen und versuchte, sich an die Chorlieder zu erinnern. Luise beeindruckte das wenig, oder es gefiel ihr, denn ich sah, wie sie den Kopf aus seiner Armbeuge reckte; sie reckte sich überhaupt gerne und sah aus allen Armbeugen hinaus. Er war sicher bald eine Stunde unterwegs, wenn das Zeitgefühl nicht täuschte. Er zog die Schuhe aus, ging auf Wollsocken seine Runden. Ich sah mir das Flaschenetikett gründlich an. Er wollte es schaffen und wanderte, bis sie tatsächlich schlief. Zur Sicherheit ging er noch weiter, hielt an, prüfte den Schlaf. Dann trug er sie zum Bett und legte sie hinein.

«Kinder lebhaft» stand nach einem Arztbesuch in ihren gelben Gesundheitsbüchern. Lebenswille voll da. Deutliche Lebenszeichen, Lebenshaltungskosten steigen, Lebensgeister tummeln sich. Freut euch, schreit laut, wälzt euch nieder! Milch kocht hoch! Milch klebt am Herd. Man lebt doch, um zu essen. Für Sorgen sorgt das liebe Leben: Fieber, Brechen, Nerven-flatter-flatter-flatter. Das ist die Lebenslust. Müde bin ich, geh zur Ruh. Müde bin ich, werd geweckt. Lebenslaut: «Uaaahh!» Lebensgeister fliegen hoch. Wie schmeckt der Bleistift, Max? Wie schmeckt die Heizung, Luise? Ich brauche Lebenshilfe. Was macht mein Lebenslauf? «Kinder lebhaft», notierte lächelnd der Arzt.

Ich lernte, ohne zu wissen, was ich lernte. Wieder ging ein Tag zu Ende. Wieder ein Erschöpfungstag. Sie müssen wachsen, wir aber müssen abnehmen. Ich hörte Luise «Dada – dadada» sagen. Ich sah Sandra vorbeilaufen. Sie lief durch den Abend, vom Schreibtisch zu den Kartoffeln und zurück. Ich legte mich um halb neun ins Bett. Da lag ich wach. Das Fenster ist gebogen, darin der Mond. Ich drehte mich weg. Ich drehte mich wieder zurück. Es war ein Halbmond, der hell leuchtete. Er strahlte. Licht, das blendet und anzieht, Mond-Magnet. Ich zog die Jalousie herunter, aber sie ist weiß, verteilte das Licht nur. Zimmer voll Mondlicht. Ich zog die Jalousie wieder hoch. Am dunklen Himmel zogen Wolken vorbei, Fetzen, die schnell segelten. Sie verdeckten den Mond, trieben weiter. Ich war wach und träumte: Was ist passiert? In mir gehen Leute spazieren an einem Meer, dessen Wellen dunkel schäumen. Diese Wellen muss ich niederhalten, aber wie hält man Wasser, wie fasst man Gischt?

Ich musste aufstehen und ging durch die Wohnung. Ich spülte das Weinglas ab, das in der Küche stand. Dann kam es unten in das Sideboard. Ich ging zurück und legte mich wieder hin. Aber der Mond war stärker. Er bewegt die Meere auf und ab. Die Großeltern hatten uns schon ein Bilderbuch geschickt, in dem Ebbe und Flut erklärt werden. In fünf oder sechs Jahren würden Max und Luise es vielleicht verstehen. Aber wer versteht das schon wirklich. Ich drehte mich von einer Seite auf die andere. Ich wendete die Decke. Jetzt war sie schön kühl. Das Kissen zusammendrücken. Dann legte ich mich auf den Rücken, die Arme zur Seite und atmete langsam. Über dem Meer starteten Vögel und flogen in verschiedene Richtungen auseinander. Ich konnte sie nicht halten. Wolkenfetzen zogen, ein Vorhang wehte, öffnete sich zum Schlaf. Ich kam nicht hindurch.

4.

Duisburg gegen Kaiserslautern. Fluchend in der Nacht. Auf meiner alten Isomatte. Breireste. Wer nicht das Ewige kennt, schafft sinnlos Unheil. Zum Zerreißen gespannt. Ich kaufte einen Maulwurf.

Wenn ich abends nach Hause kam, war ich unruhig. Ich lief in der Wohnung umher und wollte mich setzen. Wenn ich saß, wollte ich aufspringen. Ich nahm die Fernbedienung. Sandra legte mir Max auf den Schoß. Fußball beruhigt, es gab Fußball. Das Spiel war unwichtig, Duisburg gegen Kaiserslautern oder so ähnlich, ein Pokalspiel, Achtelfinale, Regenwetter. Das Spiel war schlecht, «technisch limitiert», sagte der Reporter, und das sah man auch: Ständige Ballverluste im Mittelfeld, sinnlos nach vorn geschlagene hohe Bälle, Grätschen an der Außenlinie. Nichts passierte, und das tat mir gut, ich richtete mich auf dem Sessel ein. Max auf dem Schoß, gut verpackt in einem blau-weiß gestreiften Anzug. Er hatte inzwischen kräftig gepolsterte Wangen. Auf dem Platz ging es hin und her, Max strahlte Wärme ab. «Das Spiel verflacht», sagte der Reporter, es fand rechts von der Mittellinie statt, dann links von der Mittellinie, der Platz wurde braun. Max schlief, ich sah noch die Verlängerung.

Aber die Ruhe hielt nicht lange. Am Anfang hatte mir das nächtliche Aufstehen nichts ausgemacht.

Kinder müssen nachts trinken, es gehört dazu, es war eine neue Erfahrung. Aber nun waren sie größer, und statt durchzuschlafen, wurde Max immer öfter wach. Wir wurden von seinem Gebrüll hochgerissen. Viermal, fünfmal, sechsmal in der Nacht. Wenn ich ins Bett ging, hatte ich das Geschrei schon im Kopf. Ich wusste, dass es kommen würde, konnte nicht einschlafen. Wenn ich dann doch wegdämmerte, ging es los. Ich sprang auf, lief durch die Wohnung und fluchte laut. Ich verfluchte die ganze Welt, aber ich verfluchte auch Sandras Familie, «da kann doch keiner schlafen, ihr habt alle Störungen, von wem hat Max das sonst». Dann nahm ich die Fernbedienung und sah Videotext, klickte alles an, sämtliche Sportseiten, auch Reitturniere, dann Wirtschaftsnachrichten, die ich nicht richtig verstand. Auch die Seiten mit den Prominenten: «Angelina Jolie und Brad Pitt sind jetzt Buddhisten.»

Am nächsten Morgen mit Luise am Fenster. Ich sah ihre hellen Augen, minimale Strahlenzacken, die aus der Iris hervorgehen. Feine Fasern, die aus dem Zentrum dringen, und der gezackte Kreis bewegt sich: Striche blitzen, sind verschwunden, um wieder zu leuchten, wenn Licht einfällt, immer anders. Es war hell, aber der Mond noch am Himmel. Ich hatte immer noch nichts verstanden. Wer waren wir, was sind wir geworden, wohin gehen wir? Wer hat den Apparat in Gang gesetzt, wer hat sich das alles ausgedacht? Wo war Luise vorher? Keine Eltern können ihre Tochter für einen Zufall halten. Obwohl ich wenig wusste, war mir vollkommen klar, dass es einen großen Zusammenhang geben musste. Der helle Himmel bekam Farbe, Luise blinzelte. Ich blieb stehen und hielt mich an ihr fest.

Wir verabredeten uns mit Freunden, eine Stunde Auto fahren, Max und Luise liebten es überhaupt nicht. «Sobald sich das Auto bewegt, schlafen sie ein», hatte die Sekretärin gesagt. Aber das Gegenteil war der Fall. Vor allem Luise fühlte sich vom Gurt des Kindersitzes gefesselt, man wollte ihr die Freiheit nehmen. Ein bis zwei Minuten sah sie aus dem Fenster, dann begann sie, sich im Sitz zu winden, dann wurde ihr Gesicht rot und bekam Falten. Sandra war damit beschäftigt, Gegenstände nach hinten zu reichen. Dort aber fielen die Stoffmännchen, Plastikdosen und sonstigen Geräte demonstrativ in den Fußraum, von wo Sandra sie zu angeln versuchte. Oder sie nahm neue Überraschungen aus ihrem Rucksack. Sie saß die ganze Fahrt halb vorne und halb hinten, ihr Rücken war gefährlich gebogen.

Bei den Freunden lief der Vater mit dem Kind in der Wohnung auf und ab. Wir begegneten uns nur flüchtig. Einmal traf ich ihn im Wohnzimmer, da sah er Videotext. Die Fernbedienung kann man auch mit einem Kind auf dem Arm bedienen. Einmal kam er in die Küche und zeigte ein Photo von einem Haus, das sie vielleicht kaufen wollten. Max und Luise wanden sich auf unserem Schoß. «Wann gehen wir nach Hause?», konnten sie erst später sagen. Wir sprachen halbe Sätze und tranken kalten Tee. Die Freundin musste noch arbeiten, verschwand im Bad, dann hörten wir, wie sie das Fahrrad aus dem Hausflur zerrte. Wir verabschiedeten uns. Als wir zu Hause ankamen, war es schon dunkel. Ich stand am Fenster und sah im Haus gegenüber in ein beleuchtetes Zimmer. Die hatten auch ein Kind bekommen. Ich sah den Rücken der Mutter. An den Armbewegungen war es zu erkennen, sie wickelte ihre Tochter.

Ich klappte die Leiter zum Dachboden aus. Oben fand ich in einer Ecke meine alte Isomatte. Ich rollte sie aus. Dann pustete ich Luft hinein, bis sie fest wurde. Die hatte ich nach der Schulzeit gekauft und war damit in Griechenland gewesen, in Schweden Kanu gefahren, hatte in Korsika im Gebirge gelegen unter unglaublich großen und nahen Sternen. Ich unterdrückte die Gedanken an alles, was ich mit und auf dieser Matte erlebt hatte, und trug sie vor Max' Bett. Vielleicht würde es so besser gehen. Bevor ich mich hinlegte, aß ich ein dick bestrichenes Leberwurstbrot. Das beruhigte mich. Aber nicht genug: In dieser Nacht wütete ich, trat mehrmals mit dem Fuß gegen den Türrahmen, schlug die Faust gegen den Schrank und fluchte herum, bis Sandra heulte.

Am Morgen hackte ich auf den Breiresten herum, die an ihren Kinderstühlen hart geworden waren. Es waren Holzstühle mit dem Namen Tripp-Trapp. Ich hätte nicht gedacht, dass harmloser Brei zu Beton werden kann. Man hätte einen Meißel gebraucht, und es hing auch in den Ecken, in denen man gar nicht hacken konnte. Also ein Messer. Damit ritzte ich meine Hand, die den Stuhl festhielt. Sandra sprach nicht mit mir. Bisher war sie immer ruhig geblieben, hatte die Lage unter Kontrolle. Überhaupt verlor sie selten die Fassung. Aber vor kurzem hatte sie einen Kriechtunnel, den die Kinder geschenkt bekommen hatten, zerschnitten. Er war aus dünnem Plastikstoff, sah ziemlich schrecklich aus, wenn er im Wohnzimmer ausgebreitet lag. Aber die Kinder mochten ihn. Als ich mittags nach Hause kam und fragte, wo der Kriechtunnel sei, sagte sie: «Zerschnitten.» Kleine Fetzen lagen noch auf dem Fußboden. Ich erzählte davon den Großeltern am Telefon, die sofort einen erneuten Besuch ankündigten.

Ich ging zu den Büchern. Vor Jahren hatte ich einmal den Tao-Te-King gelesen. Damals hatten mich die Sätze nicht besonders beeindruckt, jetzt blätterte ich wieder. «Wer nicht das Ewige kennt, schafft sinnlos Unheil.» Das tat ich, ich schrie sinnlos herum. «Mach klein dein Eigen und karg deine Süchte.» Was war mein Eigen? Meine Süchte waren Leberwurstbrot und Videotext. «Das Stille ist des Ungestümen Herr.» Also musste ich still sein, wenn Max und Luise schrien. «Versammelnd den Atem, gelangend zur Weichheit, so kannst ein Kind du sein.» Noch ein Kind mehr, da würde sich Sandra bedanken. «Auch der gewaltige Baum war als Keimling klein wie ein Flaum.» Kann schon sein. «Den Weg vorangehen scheint wie Rückwärtsschreiten.» Ja, genau. «Heimkehren zum Wurzelgrund heißt Stille finden.» Wo ist dieser Wurzelgrund? Wir aßen ständig Wurzelsuppe, die ich hasste. «Das Kind: Den ganzen Tag schreit es, dennoch wird es nicht heiser. Das ist der Gipfel natürlichen Einklangs.» Das wollte ich Sandra vorlesen, aber sie lief an mir vorbei.

Überall sah ich Verwandtschaften. Einmal stand der Vollmond groß und dunkelgelb über den Dächern, als ich dachte, es würde sich um eine besondere Laterne handeln, die irgendwo in der Stadt gehisst wird, oder um einen Werbeballon, man weiß ja nie. Aber es war der Mond, die Oberfläche klar zu erkennen, tief gelb, etwas gerötet. Als er hochstieg, verschwanden die Krater. Da hing er am Himmel rund und glatt, entfernt von allem, schwerelos. Ganz umgeben vom Dunkel. Er sah aus wie Max: Der große runde Kopf, das Kugelgesicht, die Telleraugen, in die ich den Tag über geblickt hatte.

Ich ging zu Max und Luise ins Zimmer, um nachzusehen, ob sie schon schliefen. Aber sie lagen mit weit geöffneten Augen auf dem Rücken, sahen mich an: «Warte nur, was morgen passiert.» Ich ging in die Küche, kochte Holunderblütentee. Die Dinge rutschten ineinander. Während ich sprach, wurde mir in den Mund gefasst, vielleicht um zu sehen, woher die Laute kamen. Während Sandra oben die Milch erwärmte, brüllten unten zwei Kinder. In dem Sekundenbruchteil, in dem der Sauger an die Lippen kam, herrschte völlige Stille. Die Unterscheidungen funktionierten nicht mehr. Wenn eine Tür quietschte, hörte ich Kindergeschrei. Wenn eine Krähe krächzte, auch. Eine Freundin hatte gesagt, dass es praktisch sei, Zwillinge zu bekommen: ob einer oder zwei schreien, mache keinen Unterschied.

Wenn sie im Laufgitter lagen, schrien sie noch lauter. Auch nachts, wenn alles still war, hörte ich Schreie.

Am Morgen war etwas nicht in Ordnung. Etwas war zum Zerreißen gespannt. Ich wusste genau, wo meine Nerven verliefen. Es waren Drähte, die durch den Körper gezogen waren. Sie waren rot und roh. Wenn mich jetzt jemand berührte, würden sie zerspringen. Die Enden würden zurückschnellen. Ich hatte soviel gesehen, gehört, gerochen und angefasst, dass mein Kopf bei der nächsten Information abschalten würde. Ich sah einen gelben Feuerring, der sich irrsinnig schnell drehte. Ich hatte ein Interview mit Miroslav Klose gelesen, der auch Vater von Zwillingen geworden war. Er war zum Psychologen von Werder Bremen gegangen.

Ich stand auf, versuchte alles in der Wohnung zu ignorieren. Sandra schickte mich zur Ärztin. Auf dem Weg dahin sah ich nur auf den Boden. Der Anblick der Praxis tat gut. Im Wartezimmer zu sitzen, zu wissen: Gleich kümmert sich jemand. Es ist ein Handwerk, es wird sich richten lassen. Alles roch sauber und geordnet. Die Helferin lächelte freundlich, wusste nichts von bedenklichen inneren Zuständen. Die Ärztin musste nur «Guten Tag» sagen, und ich glaubte, dass alles wieder in Ordnung kommen würde. Sie trug ihren weißen, sauberen, prallen Kittel. Bis jetzt hatte ich nur in mechanischen Fragen mit ihr zu tun gehabt. Sie hatte in meinen Hals gesehen, war mit einem Ultraschallgerät auf meinem Bauch herumgefahren und hatte meine Organe gelobt.

Nun saß ich vor ihrem Schreibtisch und versuchte zu erklären. Ich sprach von meinem Zustand, sagte etwas von «Psyche» und stammelte. Sie trug Daten in ihren Computer ein, fragte nach Stress, und ich sagte «Zwillinge», sie sagte «O ja». Sie fragte weiter: Ich hatte ein Buch beendet, ich hatte Schlafmangel. Ich erzählte auch, dass ich herumfluchte, am liebsten den ganzen Tag schlafen wollte und Krähenrufe für Kinderschreie hielt. «Wollen wir mal sehen, zuerst Johanniskraut», sie nahm eine Handvoll mit Probepäckchen aus einer Schublade und schob sie mir herüber. Das klang nicht so schlimm. Anton nahm das jeden Winter, hatte er mir mal erzählt. «Es gibt auch anderes. Wenn Sie nicht zurechtkommen, sagen Sie Bescheid. Das ist heute kein Problem mehr.» Sie brachte mich zur Tür und sagte noch: «Mein Mann hatte das auch mal.»

Ich hatte aber keine Depressionen. Ich hatte einige hundert Milchflaschen gefüllt. Ich hörte den Blättern zu. Ich meditierte vorm Rasensprenger. Der gelbe Himmel riss auf, rotes Licht fiel heraus. Ich hielt Stahlwerke für Kraken. Ich hielt Kinder in die Ostsee. Aber wie sollte ich das einer Ärztin erzählen? Auf dem Rückweg kam ich an einem Spielzeuggeschäft vorbei. Aus dem Schaufenster sah mich ein großer schwarzer Stoffmaulwurf an. Er schien zu passen, ich kaufte ihn für Max.

Am Abend las ich Eichendorffs «Marmorbild». Florio, ein junger Edelmann, befand sich auf einer Reise nach Lucca. Er war hin- und hergerissen zwischen zwei Freunden. Jeder wollte ihn auf seine

Seite ziehen. Nachts verließ er die Herberge, sein Diener eingeschlafen auf der Schwelle. Er geriet in eine Welt, die er nicht kannte, eine Frau, die Venus hieß, bezauberte ihn völlig. Er kam auf ein Schloss, das er am Tag gar nicht bemerkt hatte. Schließlich stand er allein mit der Venus in ihrem Zimmer. «Ein jeder glaubt mich schon einmal gesehen zu haben, denn mein Bild dämmert wohl in allen Jugendträumen mit herauf», sagte sie und legte sich auf einige Kissen am Boden. Sie war verführerisch schön, und ich verstand Florios Verwirrung ganz und gar, sah die Venus auch vor mir. Aber dann war aus dem Garten ein Lied zu hören. «Kennt ihr den Sänger?», fragte Florio die Frau. Diese schien ordentlich erschrocken und verneinte es verwirrt. Lange saßen sie im stummen Nachsinnen da.

In unserem Zimmer war es still. Sandra lag auf dem Boden. Meine Mutter hielt Luise auf dem Schoß. Wir hofften, dass sie nach stundenlanger Tätigkeit einschlafen würde. Sie brachte es immer wieder auf unglaubliche Wachzeiten; keine Rede davon, dass Babys gelegentlich den halben Tag verschliefen. Sie blinzelte noch, die Augen klappten, dann öffnete sich ihr Mund und sie schlief. Man sah es an der Atembewegung. Meine Mutter würde im Sessel auch bald einschlafen. Ich dachte an die kleine Kette von Generationen, die wir nun waren. Später wird Luise ein Kind halten. Davon, dass ihre Großmutter sie hier bewachte, wird sie dann nichts wissen. Aber auf eine unbekannte Art kann sie sich daran erinnern. Es ist ein Körpergefühl. Die Erinnerung muss nur angetippt werden, so wie von dem Lied, das aus dem halbdunklen Garten zum Fenster heraufkam. Hat man das schon einmal erlebt, oder träumt man es jetzt?

Immer wurde so gehalten. Es gibt ein Leben, das auf dem Schoß einschläft, leise pustet, gelegentlich schnauft. Es gibt ein Leben, das Wache hält, den Schlaf beäugt, selber ziemlich müde ist. Der Wind fuhr durch die Zweige, als wollte er etwas sagen. Große Blumen senkten in der Nacht ihre Köpfe zu dem vorbeigehenden Florio. Der Bach, an dem er stand, redete eine Sprache, die er nicht kannte. Luise zeigte aus dem Kinderwagen auf eine Krähe, die auf einem Ast saß. Dabei klappte sie die Hand auf und zu. An einem Apriltag sahen wir die erste Tulpe. Es war ein schmaler, hellroter, geschlossener Kelch. Sie saßen, ich stand davor, die Tulpe auf ihrer Höhe. Wind ging durch die hohen Pappeln auf der anderen Straßenseite, ein großes Rascheln. Wolken waren aufgezogen, die ersten Tropfen fielen. Auf der glatten Haut der Blume saßen Perlen, der Kelch wurde vom Wind gebogen, schwang zurück, die Tropfen liefen in Streifen herunter. Die Erde färbte sich schwarz, der Boden roch nach Regen. Wir blieben noch draußen.

«Der Wald steht schwarz und schweiget»: Sandra sang im Kinderzimmer, ich lag im Wohnzimmer und hörte zu. Wir griffen auf die Lieder zurück, die wir früher gehört hatten, an die wir uns noch erinnern konnten. Wenn Texte fehlten, suchte ich sie im Internet. «Und aus den Wiesen steiget der weiße Nebel wunderbar.» Ich wurde langsam schläfrig, fühlte mich gut bewacht. Sandra sang. Am Anfang musste sie sich einfinden, die lange nicht geübte Stimme kräftigen, bis sie sicherer wurde. Da ihr religiöse Gefühle eher fremd sind, in fast allen Abendliedern aber Gott oder zumindest die Engel vorkommen, sang sie zunächst unbekümmert und fast schon begeistert Verse wie: «Wir armen Menschenkinder sind eitel arme Sünder und wissen gar nicht viel.» Bei ihrer Art der Intonation, dachte ich draußen auf dem Sofa, könnte das auch weitergehen: «Das stört uns aber wenig, wir sind ja trotzdem fröhlich, und unsere Sünden sind nicht schlimm.»

Am Anfang kam das Geschrei der Kinder hinzu. Sie musste sich anstrengen, um sie zum Schweigen zu bringen. Musste die Stimme heben, lauter werden. Sie sang: «Wie ist die Welt so stille». Aus zwei Betten wildes Geschrei. Sie sang: «Und in der Dämmerung Hülle so traulich und so hold als eine stille Kammer.» Überschnappendes, in Wellen sich brechendes Geheul von Max. Sandra blieb ruhig, schloss auch noch «Weißt du, wie viel Sternlein stehen» an, und später hörte ich: «Du hast sie geschaffen, dass sie so fröhlich sind.» Luise war eingeschlafen, aber auf Maxens Kinderzimmerseite herrschte Verzweiflung: Beben, kippende Stimme, Orkan. Aber wir gaben nicht auf, wir hielten dagegen, waren von der beruhigenden und förderlichen Wirkung abendlicher Lieder überzeugt.

Nach einiger Zeit wurde es tatsächlich einfacher, und Sandra sang langsam und ruhig. Ich lag auf dem Boden, von den Kindern war nichts zu hören, gelegentlich ein Niesen. Der Gesang klang schön alt. Er klang getragen, schleppend, erinnerte an ferne Zeiten. Ich sah alte Holzstuben mit durchbrochenen weißen Gardinen und Bettkisten. Abgekämpfte, aber erleichterte und frohe Mütter saßen auf Schemeln. Auf die Holzbohlen fiel Licht. Aus dem Fenster sah man, da der Vorhang nur die obere Hälfte bedeckte, zum Rand des Waldes, wo sich nichts mehr bewegte, alles seinen Platz gefunden hatte. Der Nebel kam aus den Wiesen. «Wie ist die Welt so stille, und in der Dämmerung Hülle so traulich und hold, als eine stille Kammer, wo ihr des Tages Jammer verschlafen und vergessen sollt.» Als ich wieder aufwachte, lag Sandra neben mir auf dem Teppich.

Wir sind für Rituale, Wiederholungen, Gleichmaß, Festigkeit und Gesang. Die Welt ist zerschnitten, so viele Distrikte, so viele Sprachen und Fernsehprogramme. Man sitzt auf Partys, und Leute unterhalten sich den ganzen Abend über Sendungen, die man nie gesehen hat. Dazu trinken sie Prosecco aus der Dose. Ich hätte nie geglaubt, dass es so etwas geben wird. Unsere Freunde sichern ihre Häuser mit Riesenzäunen, unsere Freunde buchen Pilgerreisen, unsere Freunde arbeiten bis zum Herzinfarkt. Sie haben Designermöbel und sind immer verliebt. 25 Prozent der Deutschen wollen überhaupt keine Kinder. Was ist los mit der Evolution? 25 Prozent der Deutschen finden ihre Erfüllung im Eltern-Sein. Das ist auch nicht normal. Aber was soll man tun? Über meinem Schreibtisch hängt eine große Reproduktion von Philipp Otto Runges Bild «Der Morgen». Darauf ist ein nacktes Kleinkind zu sehen, das auf einer Wiese liegt. Es ist von Engeln und Lilien umgeben. Oben schwebt eine schöne Göttin, aus einem Blumenkelch kommen weitere Engel, die hinauf schweben.

Meine Freunde loben den Papst. Aber sie sind natürlich nicht fromm. Meine Freunde hören absolut melancholische Platten. Aber sie sind natürlich knallharte Geschäftsleute. Früher hätten mich solche Widersprüche nervös gemacht. Aber damals dachte ich auch, dass man in unserem Alter einen festen Schritt haben würde. Man hätte gebügelte Hosen, zöge eine davon am Morgen aus dem Schrank. Führe zu einer richtigen und nützlichen Arbeit. Aber stattdessen ist alles angefüllt mit Seltsamkeiten. Meine Hosen liegen irgendwo in der Wohnung, und eigentlich ziehe ich sowieso immer nur die Jeans an, die abgeschabt ist und auf der man die Flecken nicht mehr sieht.

Ich habe eine Tochter, die den ganzen Tag Dinge tauft: «Da-da, dadada, da.» Ich habe einen Sohn, der beim rot angelaufenen Schreien wie ein kleines Seeungeheuer aussieht. Ich habe Schlafstörungen. Ich trage auch am Tag Ohrenstöpsel. Ich verschütte das Milchpulver. Ich habe rote Flecken im Halsbereich. Ich habe Freunde, die ihre Tochter «kleine Speckkartoffel» nennen. Ich habe Freunde, die am Telefon sagen: «Nein, morgen kann ich nicht, da ist in unserem Kindergarten Wiedereröffnungsfest.» Früher waren sie ganz normal. Ich möchte zum Wurzelgrund heimkehren und Stille finden.

Nein, ich baute das Laufgitter wieder auseinander. Vor allem Luise hatte es als Freiheitsberaubung angesehen. Vielleicht können Babys nicht verachtend gucken, aber sie hatte das Laufgitter von der Seite verachtend angesehen. Max hatte gelegentlich drin gelegen; vielleicht um guten Willen zu zeigen. Ich legte die Seitenteile wieder auf den Holzboden und rollte das Ganze unter die Dachbodenluke. Am Abend würde ich die Teile Sandra hochreichen. Unter der Luke lag auch schon eine Packung mit Schnullern; die wollten sie auch nicht mehr. Das Kippfenster geöffnet. Von der entfernten Straße war das Rauschen der Autos zu hören. Die Vermieterin unter uns lief die Holztreppe, die man immer hörte, eilig hinab. Bilder vom Tag gingen mir durch den Kopf: wie die Kinder bei Sandra jeder auf einem Bein sitzen. An diese Verteilung hatten sie sich nun gewöhnt. Von dort oben sahen sie zufrieden herab. Draußen in einem Garten wurde geredet. Worte kamen herauf, die ich nicht verstand. Dahinter die Autos in langer Reihe. Alles spann sich fort, lief vor sich hin. Vogelrufe waren zu hören, einer vorn, die anderen weiter hinten. Das alles ging durch mich hindurch, nahm mich mit, wie auf einem Strom hinab. Autos und Stimmen, ein Schwall frischer Luft, der hereinwehte.

Die Tabletten, die mir die Ärztin gegeben hatte, wirkten zu stark. Was war das für ein Kraut: «Pflanzliches Arzneimittel bei depressiven Verstimmungen», stand auf der Packung. Ich sollte täglich zwei Kapseln nehmen. Die nahm ich auch. Die Nebenwirkungen, die dort standen, hatte ich nicht. Vielleicht war ich zu leicht, vielleicht vertrugen sich die Dinger nicht mit der Leberwurst, die ich immer aß. An einem Morgen war unser großer Schrank, der so beruhigend fest im Zimmer stand, plötzlich geschrumpft. Wie durch ein umgekehrtes Fernrohr gesehen. Ich ging schnell an ihm vorbei ins Bad. Die Hände waren warm. Ich nahm wie immer den Rasierapparat. Dann sah ich neben mir im Spiegel ganz deutlich einen Totenschädel. Er war rechts von meinem Gesicht. Er war etwas kleiner als mein Gesicht. Er schwebte. Ich dachte an den Biologieunterricht, als der Lehrer aus dem Nebenzimmer das Skelett hereinschob. Legte den Rasierapparat beiseite, ging zum Frühstückstisch und versuchte, mir nichts anmerken zu lassen.

5.

Lange Spaziergänge. Mit einer Regenhülle. An der Maria vorbei. Das sanfte Gleiten der Luftdruckreifen. In frühere Zeiten zurück. Und am Abend eine Singdrossel-Meditation.

Ich begann, Spaziergänge zu machen. Wir wohnten doch in der Nähe des Waldes. Langsames, gleichmäßiges Gehen würde guttun. Das würde sich vom Körper auf die Nerven übertragen. Wir hatten einen Zwillingswagen bestellt, den wir im Netz ausgesucht hatten. Wir bauten ihn im Garten zusammen. Er war orange und blau, hatte feste Alurohre, Luftdruckreifen, sah gut aus. Die Kinder lagen nebeneinander, aber der Wagen war trotzdem nicht zu breit. Wir kamen fast überall durch, auf dem Fußweg wich man uns aus. Er war leicht zu steuern, hatte hinten zwei und vorne ein Rad, er gefiel mir gleich.

Ich ging jeden Tag. Sandra packte Max und Luise oben in der Wohnung in zwei blaue Stofftaschen, legte ein Fell oder eine Decke dazu. Ich trug die Taschen an den Griffen die Treppe hinunter, passte sie in den Wagen ein. Wir fuhren bei jedem Wetter. Auch durch Regen. Dann hing eine durchsichtige Plastikfolie über dem Wagen. Es tropfte auf die Folie. Aus Bäumen kam ein Schwall, Tropfen liefen über die Hülle. Ich sah nicht hindurch. Sie lagen trocken, während es mir in die Stirn lief. Sie wussten nichts von befristeten Arbeitsverträgen. Sie bekamen keine Geschenke, die sie nicht haben wollten und dann in einer Ecke der Wohnung unterbringen mussten, halb zu sehen, halb nicht. Überhaupt wussten sie so vieles noch nicht. Wir fuhren durch den Regen, der an den Bäumen hing, in die Augen wehte. Es fiel und klackte, sie lagen trocken.

Im Wagen schliefen sie eigentlich immer. Max, der wegen seiner nächtlichen Auftritte müde war, schlief schon am Gartentor. Luise schaffte gelegentlich noch den Fußweg bis in den Wald hoch. Dann hörte sie den Vögeln zu und sah in die Zweige hinauf. Es musste eine schöne Perspektive sein: auf dem Rücken zu liegen, gefahren zu werden und in die Blätter zu sehen. Spaziergänger, die uns entgegen kamen, sagten: «Die haben es ja gut.»

Ich ging zu jeder Tageszeit: einmal morgens um halb fünf. Max hatte Luise wach gekräht, sie wollten nicht wieder einschlafen. Es war Juli, es war schon hell. Wir hatten es versucht. Sandra hatte gesungen und sanft auf sie eingeredet. Ich hatte die Hand auf den Schlafsack gepresst. Aber dann drehte sich der Kopf, oder das Hinterteil fuhr hoch und bohrte sich wie eine Kugel in die Hand. Also anziehen und nach unten gehen. Den Wagen aus dem Carport zerren, an Fahrräder und Gartengeräte stoßen. Ich brachte ihn nach draußen und sah ein Gespenst im Nachbargarten. Es war die alleinerziehende Mutter, die im Gras ging. Sie schritt mit geschlossenen Augen barfuß durch das hohe Gras, das voller Tau war. Dabei bewegte sie die Arme schräg nach oben in die Luft.

Sie hatte ein weißes Schleierkleid an und sagte seltsame Worte, die ich nicht verstand. Ich weiß nicht, ob sie mich bemerkte. Es ist schwierig, später über solche Begegnungen zu sprechen.

Ich schob den Wagen schnell hinaus auf die Straße, die auch schon belebt war. Eine Rentner-Gruppe war unterwegs, zwei kompakte Herren und eine rüstige Dame. Sie hatten diese Skistöcke dabei, die sie jetzt zum Gehen benutzen, das sie «Nordic-Walking» nennen, keine Ahnung, warum. Solche Gruppen traf ich täglich: Sie gingen konsequent nebeneinander, die Stöcke waren ihre Waffen. Sie machten garantiert niemandem Platz. Klack, klack, klack. Topfit, kein Wunder, wenn man mit 55 in Rente geht, braungebrannt, schöne Abfindung mitnimmt. Klack, klack, klack. Sie setzten die Stöcke kräftig auf. Ich scherte auf die Straße aus, überholte sie und ordnete mich vor ihnen ein. Jetzt war es fünf Uhr.

Erst im Wald wurde es ruhig. Der Morgen hing noch in Schwaden, schemenhafte Sicht durch die Bäume. Ich nahm einen Weg, der langsam den Hang hochging. Es hatte in der Nacht geregnet, der Wagen fuhr leicht durch den nassen Sand. Max und Luise waren still. Geschlossene Augen und leicht geöffnete Münder. Auf einer Hügelkuppe führt der Weg an einem Marienbild vorbei. Dort blieb ich stehen, sah das Bild der Mutter mit dem Kind. Ich wollte nachdenken, aber ich musste weitergehen, damit sie nicht wach wurden und ich nicht einschlief. Ein Tannenzapfen fiel auf den Wagen und schreckte mich aus den halbwachen Gedanken. Das Verdeck war zugeklappt. Sie wachten nicht auf. Ich nahm den Tannenzapfen herunter und warf ihn in den Wald zurück.

Der Weg, der langsam abfiel, führte in den hinteren Waldteil. Ich schob voran, wurde immer müder. Wir fuhren durch einen engen Tannenweg, wo es noch dunkel war. Die Reifen rollten über Nadeldecken auf dem Boden. Dann eine lange Kurve. Eine bemooste Wanderhütte, deren eine Ecke vor kurzem eingestürzt war. Ich bog noch nicht nach Hause ab, fuhr einen Bogen. Dachte an meinen Vater, der uns hinter der nächsten Ecke entgegenkam. Er hatte ein dunkles, kariertes Sakko an. Er hatte Max und Luise nicht mehr kennengelernt. Er sah überrascht aus. Dann legte er mir aufmunternd die Hand auf die Schulter. Ich war mir sicher, dass ihm die Vitalität dieser Kinder gefallen würde. Das Geschrei fände er nicht schlimm, und Luises Sorge, eingesperrt zu werden, konnte er gut verstehen. Er hatte öfter behauptet, dass unsere Familie früher aus Raubrittern bestanden habe. Ich stand im Wald und hörte seine Stimme. Die Ausfahrt hatte wohl gedauert. Denn als ich zurückkam, herrschte schon der übliche Autobetrieb. Die Sonne begann zu wärmen. Ich ging mit den Taschen die Wendeltreppe hoch. «Wo bist du gegangen?», fragte Sandra. «Nur einmal durch den Wald.»

An der Maria fuhr ich öfter vorbei. Den Weg nahm ich gern. Auf dem Waldboden liegt ein Quadrat aus Steinen. Darin einige Kiefernzweige, ein paar Blumen und rote Kerzenlichter. Manche schon ausgebrannt. In Abständen werden neue Lichter hineingelegt, alle paar Tage auch frische Blumen. Auf einem Holzpfahl hinter Glas steht das Marienbild. Oben läuft es dreieckig zu. Es ist verblichen, ein ganz einfaches Bild, ohne besonderen Schmuck. Maria hat ein hellblaues Kleid. Ihr Gesicht ist sehr jung. Vielleicht sieht sie ein klein wenig müde aus. Vielleicht will sie für sich allein sein. Ich stand dort und schob den Kinderwagen auf der Stelle vor und zurück, wie ich das bei Müttern gesehen hatte, die miteinander redeten.

Ich hätte gern Maria gedankt. Aber ich habe es nicht gelernt. Glück und Unglück sind seltsam verteilt. Wir hatten Glück gehabt, aber darf man danken, wenn die Nachbarin zur Chemotherapie geht? Die alten Gebete kenne ich nicht. Neue Worte, die einfach und richtig wären, weiß ich nicht. Maria lächelte mild. Sie hielt das Kind anders als wir. Ihr Gesicht war rund. O Himmel, ich war mit der Zweifelsucht groß geworden, und jetzt stand ich mit einem orange-blauen Rennkinderwagen vor einem Marienbild. Wie ist die richtige Anrede? Neben dem Bild fließt nach Regentagen Wasser aus einem Erdspalt. Es lief in dünnen Armen über den Sand auseinander, kleine Lachen hatten sich gebildet.

Der Hauptweg, den ich die meisten Tage nahm, war leer und still im Winter. Im Frühjahr sickerte die Wärme ein. Im Sommer hielt sich unter dem Blätterdach schön die Kühle. Der Weg läuft auf halber Höhe durch den Wald. Rechts steigen die Bäume an, auf der linken Seite wandern sie hinunter. Vor allem Buchen mit ihren ganz glatten Stämmen. Rinde wie Haut, helles Grau, wie aufgezogen, man möchte hinüberfassen, so seidig sind sie. Stehen nicht sehr dicht, im Unterholz viel Grün. Eine Schicht mit altem Laub bedeckte den Boden. Ein mächtiger abgebrochener Ast, der neben dem Baum noch grünte, seine Blätter ausstreckte. Auf einer Lichtung einige halbhohe Bäume. Plötzlich fiel die Sonne ein, standen sie im Licht, als ob sie selber überrascht wären, sich jetzt neu betrachteten, so sah es aus.

Ich hatte Zeit zum Nachdenken. Was war geschehen? Wie hatte es angefangen? Wir waren zu einem Geburtsvorbereitungskurs gegangen. Er fand im Gymnastikraum eines Krankenhauses statt, jeden Mittwoch, ich musste nur jedes zweite Mal mit. Man bekam ein Schaffell, auf das man sich setzte. Die Hebamme, die den Kurs leitete, hatte einen Indianerrock an. Sie legte eine CD mit Entspannungsmusik ein. Wir sollten uns in der Gruppe austauschen. Wie war es uns bisher in der Schwangerschaft gegangen? Ein Paar hatte sich gestritten. Sie behauptete, dass er sie überhaupt nicht mehr attraktiv fände, was er auch keineswegs dementierte. Jeder bekam einen großen Gummiball. Wir legten die Beine auf den Ball und entspannten uns. Die Hebamme zeigte uns Bilder von Organen. Am nächsten Mittwoch sprachen wir die Fragwürdigkeit von Schönheitsidealen an. Mehrere Männer guckten betreten zum Fenster hinaus, eine zarte Krankenschwester huschte vorbei. Frauen, die schwitzten und Handtücher um den Hals trugen. Ich dachte, dass sie zerfließen würden. Ein Mann erzählte von dem Auto, das er für die künftige Familie kaufen wollte. Er reichte einen Prospekt herum. Die Hebamme war tolerant. Sie sagte, dass wir uns alle zu weit von der Natur entfernt hätten.

Auf seinen Luftdruckreifen lief der Kinderwagen leicht. Auf den flachen Teilen des asphaltierten Weges musste ich nur antippen. Hinten an der Stoffwand des Wagens zeichneten sich zwei Köpfe ab. Sie bohrten sich hinein. Überhaupt bohrten sie sich beim Schlafen gern in etwas hinein. An ihrem Bett waren so genannte Nester aus Stoff angebracht. Gerade die freiheitsliebende Luise brauchte dieses Nest. Mäuse wohnten am Weg, huschten vorüber. Auf einer Kuppe eine kleine Schlange. Sie kam nicht weg, ringelte schnell, aber blieb auf der Stelle. Ich hielt an und wartete, bis sie verschwunden war.

Bergab musste ich den Wagen halten, bergauf mich hinter ihn stemmen. An einer alten Eiche vorbei. Daneben stand ein Schild: «1919». Vermutlich war die Eiche als Friedensbaum nach dem Ersten Weltkrieg gepflanzt worden. In den Weg ragte ein Stachelzweig, der für die Reifen gefährlich war. Eines Abends hatte ich unter der Schreibtischlampe gesessen und einen Kinderwagenschlauch nach einem Loch durchsucht. Altes Fahrradflickzeug hatte ich in der Werkzeugkiste gefunden. Ich erinnerte mich an die Schulzeit, als mein Rad immer wieder platt war. Manchmal saß der Flicken nicht richtig. Manchmal waren mehrere Löcher im

Schlauch, dann musste man am nächsten Tag wieder flicken. Ich knickte den Zweig, bog ihn zur Seite, ging weiter. Im Sommer, als der Weg voll Schatten war, standen vorne die nackten Füße heraus. Max sagte im Schlaf laut und vernehmlich «Hau».

An einer Stelle steht eine Gruppe von Waldkiefern. Ihre Rinde ist locker, an einigen Stellen gebrochen, hängt herab. Ein Geruch von süßem Holz war in der Luft, den ich tief einsog. Ich musste an die Sommer am Mittelmeer denken. Man überquerte die heiße Küstenstraße, ging durch ein Waldstück. Dort zog ich die Schuhe schon aus. Unter dem Sand, unter der Sohle waren die Wurzeln der Kiefern zu spüren. Sie waren hart, wie Muskeln gespannt. Beim Gehen sanken die Füße ein, Nadeln steckten in der Haut. Das Meer war noch nicht zu sehen, aber der kühle Geruch kam näher, hing im Baumvorhang. Weiter vorne würde er sich öffnen, das Stimmengeräusch war schon zu hören.

Das waren Wärme und Erwartung, der Puls war hoch. Wir blieben den ganzen Tag am Meer. Immer das Ploppen von Bällen. Die Luft roch nach Wasser. Wir tranken Eistee. Überall schwarze Badeanzüge. Man musste ihnen mit den Blicken folgen. Es gab verborgene Kurven, die uns bannten. Sand lief durch die Finger. Das Wasser ging am Horizont in großes Blinken über, und mehr gab es nicht an diesen Tagen als warmes Dösen, Versinken im Sand, müde Erregung. Ich hörte Stimmen, aber verstand sie nicht. Die geschlossenen Augen brannten von der Sonne und vom Salz.

Über Wochen ging ich denselben Weg. Es gab die kleinen, langsamen Veränderungen der Jahreszeit. Im Frühjahr gewann das vorsichtige Hellgrün Kraft, wurde dunkler. Im Sommer näherten sich Brombeerranken dem Weg. An einem Morgen hatten sie ihn erreicht. Im September, als das Laub ausdünnte, wurden die Lichtflecken auf dem Boden größer, wurden Kreise. Mir gefiel die Pflicht des Kinderwagenfahrens. Ich war ein moderner Vater. Und sah mir dabei Buchen und Brombeerranken an. Als ich selber Kind war, hatte ich das zuletzt getan. Wo war ich so lange gewesen? Die Dinge rückten näher, die Feinheiten waren zu sehen. Ein großes Spinnennetz, über den Weg gespannt, glitzerte im Tau. Wir fuhren mit Schwung hindurch, das Netz hing am Wagen. «Ach, werden die schnell groß», sagten Leute, die wir trafen. Aber so war es nicht. Es ging langsam. Dass die Zeit dahinrast, dass schon wieder ein Jahr um ist, dass man gar nichts davon mitbekommen hat: Es stimmte nicht.

Durch das tägliche Fahren wurde ich ruhig. Der Wechsel der Kurven und Geraden mit den Aussichten blieb gleich. Ich wusste um den nächsten Blick. Wollte nichts, war nicht in Eile, es war still. Das Geheul der Nacht, das noch im Kopf war, ließ sich vergessen. Es vermischte sich mit der Bewegung der Blätter und verschwand. Die Tage folgten einem Rhythmus. Wiederholungen hatten mir immer schon gefallen, aber früher durfte man das nicht zugeben. Ich finde, dass eine gewisse Menge von Gerichten, die man für gut befunden hat und in Abständen isst, für ein Leben vollkommen ausreicht. Warum soll man Litschis oder ähnliche Früchte auf einen Kuchen legen, wenn man Erdbeerkuchen mag? Menschen, die ständig neu eröffnete Restaurants mit ganz ungeahnten Gerichten besuchen, habe ich nie verstanden: Kennst du den Thailänder in der Soundso-Straße, da ist dieser neuer Mongole, lass uns peruanisch essen. Die Notwendigkeit dieses Gaumenkitzels ist ein Zeichen von innerer Leere. Auch diese Artischocken-Paste. Gut, wer das essen möchte, wir leben in einer offenen Gesellschaft, mir aber hatte mein nächtliches Leberwurstbrot geholfen.

Mit den Kindern wurde es einfacher. Von ihnen lernte ich die völlig ungehemmte Freude der Wiederholung. Luise mochte es, wenn ich sie auf die Schultern hob. Sie strahlte von oben herunter, sah sich triumphierend um. Ein Freund sagte, dass sie mit der geraden Oberlippe und der kreisförmig geöffneten Unterlippe wie eine Disney-Ente aussehe. Ihre Begeisterung wurde durch die Wiederholung nicht im Geringsten getrübt. Wenn ich sie unten absetzte, signalisierte sie mit Armbewegungen und Geräuschen, dass sie wieder hinaufwollte. Als sie später sprechen konnte, war «noch mal» – sie sagte «nuss mal» – eine ihrer liebsten Wendungen. Erschöpft war höchstens der Träger. Ich hatte an einem leeren Windelkarton ein Band befestigt, setzte ein Kind hinein und zog es über eine lange Teppichbahn. Der Karton bekam Tempo. Am Ende ließ ich ihn an mir vorbeifahren und zog am Band, so dass er eine Kurve nahm. Dann konnte man gleich den Rückweg starten. Auch das schätzten sie täglich. Nur Sandra sah kritisch um die Ecke, wenn der Karton in der Kurve kippte.

Am Abend unter dem weit geöffneten Schrägfenster. Feuchte Luft kam herein, es war ein warmer Tag. Eine Gruppe von Schwalben kurvte über den Dächern. Ich legte die Arme auf den Fensterrahmen, sah hinaus. Einige stiegen schnell mit kurzen Lauten. Andere fielen ohne Widerstand und Mühe. Wieder andere schossen nach rechts, um mit Vollgas zu wenden. Licht auf den Flügeln, gleitende Dinger, rasende Schar. Sie spritzten auseinander. Segelten und kreisten. Spielten in der Luft, durchpflügten die Luft. Zwei Schwalben, die zusammenbleiben, bevor sie auseinanderfliegen. Nach rechts und links, um wieder eins zu werden. Erstaunlich, dass sie bei dieser Geschwindigkeit nie zusammenstießen. Wie auf Verabredung war der Schwarm verschwunden.

Auf der hohen Tanne hinter dem Haus saß die Singdrossel. Sie kam fast jeden Abend. Ihr Gesang besteht aus Wiederholungen, aus Flötentönen, die drei- oder viermal zu hören sind: «Jüdütt, jüdütt, zipp.» Es ist erstaunlich, wie man auf der Spitze einer Tanne sitzen kann. Gut, sie hat Krallen, aber wie hält sie sich, wenn man zudem die Nadeln bedenkt? Wieder pfiff sie das kleine Lied. Im Mittelalter hatte man sich darüber gestritten, ob Engel, denen prinzipiell alles möglich sein muss und die keine festen Abmessungen haben, auf Nadelspitzen sitzen können. Im Papstpalast in Avignon, einer großen, weit ausgestreckten Festung, gibt es tief im Inneren Tapeten, auf denen die Seelen als Vögel dargestellt sind. Einige sitzen auf Zweigen und blicken zufrieden hinunter. Andere hocken traurig in Käfigen, die in verschlungenen Bäumen hängen.

Sind Eltern frei? An manchen Tagen fühlte ich mich wie an Fäden. Es wurde an mir gezogen, zupfte am Hosenbein, hangelte sich zum Knie hoch: Luise. Ich hob sie auf den Schoß, blätterte mit ihr in einem Buch, in dem eine junge Ente das erste Mal schwimmen geht. Seit wir die ersten Bücher benutzten, war ich erleichtert. Auf diesem Gebiet fühlte ich mich sicher. Auch wenn es am Anfang Bücher aus Stoff mit sechs Seiten waren und diese Seiten sich wie Waschlappen anfühlten. Danach gab es Bücher mit acht Seiten, die aus dicker, beschichteter Pappe bestanden. An der Pappe konnte man folgenlos lecken, aber umknicken ließ sie sich nicht.

Das Buch mit der Ente war neu und noch zu schwierig. Die Ente hatte große Angst im Schwimmbad und wurde von einer Libelle auf einen Sprungturm gescheucht. Als sie keinen Ausweg mehr sah, sprang sie herunter. Sie landete im Wasser und hatte alle Angst überwunden. Ihre Geschwister applaudierten. Luise hatte Hunger. Ich ging in die Küche und fand nichts. Nur zwei Bananen, die noch grün waren. Wenn ich sie zerdrückte, könnte ich sie ihr vielleicht unterjubeln. Aber sie mochte sie nicht. Ich streute Zucker in den Brei, da ging es. Sind Eltern frei? Sind die anderen frei? Und was haben wir früher getan? Nicht-Eltern können am Sonntag frühstücken gehen. Ich bin auch mitgegangen. Man musste so tun, als ob es einem gefiel. Es ging immer erst um zehn Uhr los und bis dahin hatte ich schon riesigen Hunger. Mir war fast schlecht, wenn wir uns trafen. Die Frühstückskneipe war voll, man musste zwischen sieben Varianten wählen und bekam dann ein Tablett. Es hatte auf dem Tisch mit den anderen Tabletts keinen Platz. Es gab Croissants und Fisch, ein abgekühltes Ei und eine Tasse Tee. Eine zweite zu bestellen, war in dem Stimmengewirr unmöglich. Hatten diese Menschen kein Zuhause? Es waren Menschen mit kräftigem Nacken und bürstenartig dickem Haar. Es waren Männer, die laut und intensiv von Tauchkursen erzählten. Irgendwann wusste man alles über Mauritius. Es waren auch Eltern mit Kindern, und die Kinder quengelten. Sie standen der Bedienung im Weg. Sie zogen an den Daunenjacken ihrer Eltern. Sie wollten gehen. Ich wollte auch gehen.

Jetzt war ich nicht mehr frei. Ich lebte für die anderen, die ich durch den Wald fuhr. Sie sollten gute Luft einziehen und gut wachsen. Ich hatte Dienst. Ich konnte nicht weggehen. Aber wer immer weggeht, wird immer dünner wie eine Kartoffel, von der man Scheibe um Scheibe abschneidet. Nun hatte ich ein Leben: Ich fuhr mit einem Kinderwagen durch ein Spinnennetz hindurch. Ich trug blaue Stofftaschen. Es tropfte auf die Folie. Luise war wach. Der Wald war still am Morgen. Zwei Köpfe im Wagen. Zwei Füße standen hinaus. Mäuse huschten. Eine Blindschleiche ringelte. Eine Ente ging schwimmen.

Mit diesen Gedanken und dem Gesang der Drossel war ich unter dem Fenster eingeschlafen. Sandra ließ mich lange dort liegen. Ich wachte auf, als es dunkel wurde. Ich schaltete den Fernseher an und sah noch ein wenig Fußball. Es war Mittwoch, Werder Bremen spielte in der Champions League. Klose war in brillanter Form, schoss ein Tor und bereitete eins vor. «Miro, Miro», riefen die Fans. Ich dachte: Zwillingsvater.

6.

Klack-klack, der Ring schlägt gegen das Trapez. Was hilft schon eine Fliegenklatsche bei Gefahr? Ein lange versunkener Stoffhase in großer Klarheit. Bauklötze gegen die Heizungsrohre! Schwer ist zu tragen das Unglück, aber schwerer das Glück.

Während Max als Lokomotive durch den Flur in die Küche krabbelte, Luise wie ein schwankender Wagen hinterher, den Anschluss zu verlieren drohte, dann aber ebenfalls die Küche erreichte, um sich dort am Kissen eines Stuhles hochzuziehen, also umzufallen, dachte ich an die Ärztin, Prophetin, die bei einer Ultraschall-Untersuchung vor der Geburt zwischen Tasten, Touchscreen, farbigen Blutströmen und Signaltönen murmelte: «Da ist Leben.»

Sie hatte recht, hier war Leben: Zähne, die schmerzten, jammerten und klagten. Zähne, es tropfte. Max trug ein Halstuch, es war durchnässt, sein Pullover war bis zum Bauchnabel nass, Zähne. Zwei waren schon da, feine Türme, die nebeneinander ragten. Wir gaben ihm einen Ring, auf den er beißen sollte, aber er verstand nicht, was wir wollten. Wir gaben ihm eine Mohrrübe, aber daran leckte er nur. Die Zähne kamen über Monate. Wir sahen in einem Kinderentwicklungs-Buch nach, wie viele es werden mussten. Wir zählten die vorhandenen Spitzen. Max steckte die ganze Faust in den Mund. Die

Zähne machten eine Pause. Dann wuchsen sie wieder.

Er saß in der Badewanne und jammerte plötzlich laut auf. Es lief nicht aus seinem Mund, sondern floss. Wir wechselten seine Halstücher. Seine Wange war geschwollen. Seine Mundwinkel waren nach unten gezogen, man musste ihn für einen Pessimisten halten. Beim Frühstück saß er zerfurcht da. Er mochte Menschen nicht, die bei uns zu Besuch waren. Das zeigte er ihnen auch. Er hielt sich an Sandra fest und versuchte, unter ihren Pullover zu gelangen. Sie sagte, dass sie sich betrinken werde, wenn er alle Zähne habe. Er wachte um vier Uhr morgens auf und sie sortierte Bauklötze mit ihm.

Ich bekam Zweifel. In der Schule hatten sie uns die Evolution erklärt. Aber ein Naturprodukt sah doch wohl anders aus als Max. Wenn er im Urwald so auf dem Rücken liegen würde, schreiend, rot angelaufen und tropfend, wären längst schon sämtliche Kojoten da. «Ja», sagte Anton, dem ich das am Telefon erzählte, «so ist der Mensch, aber nur am Anfang. Dann zündet der Geist, und nach drei Jahren hängt er jedes Tier ab». «Ja», sagte ich laut, denn Max schrie laut.

Wie schwierig der Anfang ist, wie mühsam man vorankommt, wie lange einer lernen muss und wie die Dinge sich sperren. Am Anfang bekommst du nicht einmal Daumen und Zeigefinger um einen Bauklotz. Wie lange braucht es, bis ein Mensch ein Auto repariert, ein Haus entwirft oder ein Klavier mit einem Lastkran sekundenfein in ein Fenster hineinmanövriert? Wir haben es beobachtet. Im Haus gegenüber fand ein Umzug statt. Plötzlich hing der riesige schwarz glänzende Flügel in der Luft. Luise sagte: «Dadadadadadada!» Ich nahm sie auf den rechten, Max auf den linken Arm, ging zum Fenster. Der Kran ragte in den Himmel, das Klavier hing an langen Seilen, Max vergaß das Wimmern. Das schwarze Ungeheuer bewegte sich langsam, wir verfolgten die gesamte Aktion. Sandra konnte zwei Telefonate führen. Besonders kompliziert war das Hineinziehen, als der Kasten im Fenster hing.

Tage und Wochen hat Luise auf einer Decke unter einem kleinen Plastiktrapez gelegen. Es ließ sich leicht zusammenstecken, wir bauten es gleich am Morgen auf. Ich saß beim Frühstück, sah zu. Sie versuchte einen Ring zu treffen, der über ihr hing: «Klack», getroffen, daneben, daneben, getroffen, «klack». Der Ring geriet in Bewegung. Sie versuchte ihn zu greifen, hielt ihn fest, ließ wieder los. Dann begann sie von Neuem. Ihre Ausdauer war enorm, sie trainierte, ließ nicht nach. Einmal nahm ich sie und legte sie zur Seite, weil ihr Gesicht rot angelaufen und ihr Hals geschwollen war. Aber sie jammerte, wollte zurück zu ihrem Übungsplatz. Ich legte sie wieder hin, trank weiter Tee. «Klack», Stille, Stille, Stille, «Klack», «Klack», «Klack», zufriedenes Gurren.

Wie viel Energie wird in ein neues Leben gesteckt: Die Stunden der Mutter, und das sind am Anfang fast alle. Sandra war am Abend wieder ganz bleich. Aber sie rief noch den 24-Stunden-Telefon-

Service von Babyland Eick an und bestellte mit matter Stimme zwei neue Autositze, einen in brombeerrot und einen in marineblau. Inklusive Versandkosten waren das 499 Euro. Die Großeltern, bis dahin eher sparsam, scheuten keine Kosten. Bevor wir im Sommer zu Besuch kamen, wurde jeden Tag der Rasen gesprengt, damit die Enkel auch einen astreinen Flauschteppich haben würden. Sie hatten im Baumarkt einen neuen Gartensprenger gekauft, eher eine Fontäne, die bis zu den Nachbarn reichte, und dazu eine Schlauchrolle. Dann noch das aufblasbare Krokodil mit den lila-farbenen Flecken, das an der Kasse lag.

Aber vor allem die Arbeit, die Gedanken, die Planung, die Logistik. Wenn am nächsten Tag Feiertag war, die Geschäfte geschlossen und keine Mohrrüben für den Mohrrübenbrei da waren. Wenn die Windeln am Abend verbraucht waren, obwohl wir doch ganz sicher in der Abseite noch eine Packung gesehen hatten. Wenn der Kofferraum so voll mit Altglas und Altpapier war, dass die nächste Kiste auf den Beifahrersitz kam. Wir hatten noch nie so viel gearbeitet, ich hatte Nervenenden wie Fell, das in die Höhe stand. Max schlief, aber ich wachte. Es war halb drei. Ich schlich zum Fernseher und fand ein Programm, in dem eine Zugstrecke während der Fahrt gefilmt wurde. Manchmal sah man rechts und links einen Berg, aber vor allem sah man Gleise. Das beruhigte mich überhaupt nicht. Ich sah rostige Gleise in den Anden. Als der Zug ständig Kurven fuhr, wurde mir schlecht.

Sandra und ich sahen aus wie Vögel, die ermattet Würmer sammeln, zum Nest fliegen, um gleich wieder zu starten. Wir waren zerzauste, hagere Amseln. Manchmal bekamen wir frei. Sandras Mutter war zu Besuch. Wir sollten am Abend wegfahren und essen gehen. Wir duschten, suchten Kleidung aus dem Schrank, die wir lange nicht getragen hatten. Es war noch kühl, aber Sandra nahm trotzdem ein Kleid. Wir fuhren ein Stück aus der Stadt heraus, das Restaurant lag auf einem Hügel. Vor der großen Fensterfront der Abendhimmel: Ein dunkles Grau, durchbrochen von drei roten Streifen, über den ganzen Himmel gespannt. Sie wurden violett, verliefen an den Rändern. Wir sprachen wenig, Sandra sah sehr schön aus. Ihre Wangen gerötet. Ich dachte, dass es noch eine wunderbare Nacht werden könnte. Wir bestellten Salate, und Sandra begann zu erzählen. Wir hatten so lange nicht mehr Zeit und Ruhe gehabt, und es hatte sich vieles angesammelt; sie fand es schön, dass wir uns gegenübersaßen und einfach nur sprechen konnten.

Ich fand es auch schön, sagte aber immer weniger. Mir war beim Essen kalt geworden. Ich trank ein Glas Wein und bekam Zähneklappern. Ich versuchte nicht daran zu denken, aber irgendwann mussten wir gehen. Sandra fuhr eilig den Hügel hinunter. Wir kamen zu Hause an, und ich lief an meiner Schwiegermutter vorbei ins Bad. Nun musste ich mich 48 Stunden lang übergeben. Ich nahm irgendwelche Tabletten und Zäpfchen, die wir noch hatten, aber das half nichts. Sandras Mutter wurde umgehend angesteckt. Auch Freunde, die kurz vorher bei uns zu Besuch waren, hatte ich erwischt. Sie wiederum steckten zu Hause einen Bekannten an, der später sagte, er hätte einen Krankenwagen gerufen, wenn er noch hätte telefonieren können. Irgendwann fiel ich in einen sanften, seligen Schlaf, der eine Nacht und einen Tag dauerte.

Warum macht man das, warum will man Kinder haben, warum zweifelt man nicht an ihnen? Ich lag im Bett und las in Büchern herum, die uns Freunde zur Geburt geschenkt hatten, über das Eltern-Sein, über das Leben in einer Familie. Dort stand, dass Philosophen in der Zeugung von Kindern den Wunsch nach Unsterblichkeit wirken sehen: In den Kindern wolle man den eigenen Tod überwinden, in ihnen lebe man weiter. Aber in den ersten Monaten mit Max und Luise habe ich an alles gedacht, nur nicht an Unsterblichkeit. Ich fühlte mich sterblich wie noch nie. Ich legte die Bücher auf den Boden.

Kinder sind anstrengend. Sie sind verheult. Sie machen rasend. Sie sind entzückend. Sie wollen auf den Arm. Und sofort wieder herunter. Sie spritzen mit dem Brei herum. Die Wand hinter dem Esstisch musste neu gestrichen werden. Wann sollte ich das noch schaffen? Vielleicht könnten es die Großeltern tun? Ich sah Kinder, die in Windelkartons durch die Wohnung rasen. Ich hatte mein Johanniskraut mit ausgespuckt. Würde ich jemals wieder Rotwein trinken wollen? Wer waren wir, was sind wir geworden, wohin eilen wir? Ich sah Kinder, die auf Schultern reiten, die Eltern mit einer kleinen Peitsche antreiben. Luise rief «Heja». Ich wachte auf. Vor meinem Bett stand Luise und rief «Heja».

Aber was kann ihnen passieren? Wie unwahrscheinlich ist das Durchkommen? Max war einige Monate alt und saß wie ein rechter Winkel auf dem Teppich. Er trug ein Unterhemd, war mit einer Fliegenklatsche beschäftigt. Versuchte sie in der Hand zu wenden. Ich sah überall Gefahren. Es gab den großen Geländewagen der Nachbarin, die ihn kaum lenken konnte. Wenn sie die Einfahrt anvisierte, sah ich ihr angespanntes Gesicht durch die Scheibe starren. Dieses Auto hatte wahrscheinlich 200 PS, und wenn es losgelassen würde, könnte es alle Gartenmauern durchbrechen. Ich dachte an die Gefahren der Zukunft: Es würden tückische Freunde kommen, die den freundlichen und gutgläubigen Max in sumpfiges Gelände mitnehmen. Sie würden ihn verführen, er würde im Rausch versinken, massenhaft Schulden haben, nicht mehr weiterwissen und nachts an einer viel befahrenen Straße am Rand liegen. Währenddessen würden wir beruhigt zu Hause sitzen, geistreiche Gespräche führen und nichts ahnen.

Ich dachte an Krankheiten: Wahngespenster, die lange Jahre schlafen. An einem Morgen beginnt es: Sie räkeln sich in der inneren Burg; reiben sich die Augen, stehen langsam auf, kommen die Treppe hinauf; öffnen die Tür, bringen alles zum Schreien und Flüchten. Dann wirst du nie mehr der Mensch sein, der du einmal warst. Um durchzukommen, braucht man jede Menge Glück. Eine Ausstattung, die man sich nicht aussucht, sondern zugeteilt bekommt. Es gibt Menschen, die wie Kometen beginnen, eine phantastische Bahn ziehen, leuchten, alle sehen ihnen zu. Dann sinken sie, werden schwach, verpuffen. ‹Man kommt nicht aus seiner Haut›: Das hatte ich für einen der üblichen Tantensprüche gehalten, aber leider ist er wahr. Du kannst alles über dich wissen, deine Fehler analysieren, beschreiben, dich unerträglich finden. Aber du machst die gleichen Fehler, bist eine blöde Maschine, kannst dich nicht selber umbauen.

Ich fiel in einen kurzen Dämmer, war halb wach. Da träumte die Angst weiter. Die Schreckensbilder reihten sich zu einem Comic: Ich sah Luise vor einem Lavastrom davonlaufen. Ich sah ein großes Meer, in dem Max strampelte, die Hand hob. Ich kam um die Ecke, sah unser Haus verkohlt, nur noch Balken, die qualmten. Rauchfäden stiegen in die Luft. Dann riss ich die Augen wieder auf, hatte geschwitzt, fasste mir in die Haare. Max saß noch immer auf dem Teppich. Er war mit seinem Stoffhasen beschäftigt. Das war sein Schlaftier, Trostspender, Heilsbringer. Man sah ihn selten ohne. Wenn man Max auf den Arm nahm, zog man auch den Hasen hoch.

Mir fiel ein, dass ich ein ähnliches Tier hatte. Nach über dreißig Jahren sah ich ihn plötzlich in großer Klarheit vor mir: Es war ein aufrecht stehender Hase, eher straff. Er wurde von einem Anzug in blau-weiß-roten Karos zusammengehalten. Diese Karos waren von Malfarben eingefärbt, nicht mehr zu reinigen. Ich fühlte ihn in meiner Hand, sein braunes verklettetes Fell. Ich wusste, wie man den Bauch zusammenpressen konnte. Seine Ohren standen senkrecht. Aber war er mir so wichtig gewesen? Max versuchte seinen Hasen in einen Kinderkoffer zu stopfen, den er vor kurzem bekommen hatte. Der Hase wurde gefaltet, wurde ein Ball. Max drückte ihn zusammen und versuchte dabei den Kofferdeckel zu schließen. Aber seine Hand steckte im Koffer. Wenn er sie zurückzog, entfaltete sich der Hase wieder und kam heraus. Max sah nachdenklich und sinnend auf den Hasen, den Koffer und seine Hand.

Luise krabbelte an der Zimmertür vorbei. Das hatte sie eines Morgens gekonnt. Sandra hatte sie auf einer Decke abgelegt, war ins Bad gegangen, und als sie wiederkam, war Luise verschwunden. Sie war in die Küche gekrabbelt und hatte die Schublade unter dem Ofen geöffnet; darin lagen die Backbleche, die wir nicht richtig abgewaschen hatten. Luise erinnerte an eine Möwe am Strand. Keine von diesen Monstertieren, den Giermöwen, sondern ein zierliches weißes Wesen. Feine schmale Beine, den Schnabel gereckt, so tippelt sie durch den Sand. Erst zur Seite, dann nach vorn, unruhig, schnell wieder zurück; kurzer Blick, eilige Bewegung zu einem Ziel; in den Sand hacken, dann weiter.

So war sie, äugte so nach rechts und links. Durfte nichts verpassen. Wechselte den Blick. Wie sie sich als Säugling aus dem Arm herausgedreht hatte, um zu sehen, was unten passierte. Immer wusste sie, was in den verschiedenen Ecken der Wohnung vor sich ging, war zum Eingreifen bereit. Sie wollte, dass etwas passierte, hatte zu tun. Max saß gern bei seiner Mama, befühlte ihre Haare, legte den Kopf an ihren Hals. Dann steckten sie gemeinsam Blumen in eine Vase und sprachen dabei zärtlich. Aber Luise hatte nicht so viel Zeit. Sie konnte sich nicht ständig mit uns beschäftigen. Man musste Brei essen, aber dann musste man aufstehen. Im Kinderzimmer wartete ein neues, umfangreiches Becherset. Die Becher waren vom größten zum kleinsten ineinanderzustellen, das war eine Herausforderung nach ihrem Geschmack.

Wir hatten alle zu tun. Ich dachte nach, sie schlugen Bauklötze gegen Heizungsrohre, dass die Wohnung hallte. Kinder mussten so etwas tun, man durfte ihnen nicht alles verbieten. Ihre Kraft war erstaunlich: Die Bauklötze bekamen Dellen, an den Heizungsrohren waren Farbspuren der jeweils benutzten Klötze zu sehen. Sie kämpften mit der Heizung, ich kämpfte mit der Selbstbeherrschung. Sandra war kontrollierter und erläuterte mir am Abend ihre Variante der stoischen Philosophie für Eltern im frühen 21. Jahrhundert. Aber es half mir kaum. Umgeben von wilden Lauten versuchte ich mir Mut zu machen, denn sie schrien die Heizung auch an. Geduckt saß ich im Kinderzimmer. Ich konnte keinen Gedanken fassen. Ich dachte an meinen Versuch mit dem Tao-Te-King: «Das Stille wird das Ungestüme besiegen.» Vielleicht, aber es würde dauern. Im Moment war kein Sieg zu erwarten. Ich schob eine Ladung Bauklötze von meinen Beinen herunter.

Dann war es die Menge des Glücks, die ich nicht

fassen konnte. Es rann und lief über mich wie beim Duschen. Mir war heiß, mir war kalt. Womit hatte ich das Glück verdient? Ich musste vieles zurücknehmen, was ich geglaubt hatte. «Schwer ist zu tragen das Unglück, aber schwerer das Glück»: Hölderlin, einer jener deutschen Tiefsinns-Sätze, die ich früher beargwöhnt hatte: Auch das Glück wollen sie noch umbiegen in ihr heiliges Leiden, hatte ich da gedacht. Aber an einem Sonntagmorgen mit völliger Stille saß ich auf einer Kinderspielplatzbank, sagte mir diesen Satz vor. Es war Mai, über der Bank stand ein großer Blütenbaum. Leichter Wind kam, aber er genügte, um Blütenblätter rieseln und fallen zu lassen. Es wurden immer mehr, sie trudelten und sanken weiß herab, hingen im dünnen Wollpullover, rieselten in den Kragen, lagen auf der Hose. Ein Schauer von weißen Blättchen, in dem ich saß.

Immer noch hatte ich nicht verstanden, nur das dringende Gefühl, etwas fassen zu müssen, von dem ich nicht wusste, was es war. Gleichzeitig lag oder saß alles klar vor mir: Zwei Wesen in Strickjacken mit unglaublich reiner, weißer Haut. Die mich erwartungsvoll ansahen. Die in der Welt waren. Es ging um die Hauptsachen. Ich versuchte es mit Kraft, aber kam nicht einmal der Frage näher, die ich hatte. Kurz bevor ich sie fassen konnte, löste sie sich auf.

Man kann sich trösten: Nichts geht schnell, sogar das Licht braucht Zeit. Das alte schickt noch Helligkeit, seine Wärme bleibt noch. Das neue steigt nur langsam auf, ist zuerst noch kühl. So steht man immer noch in einem alten Leben. Ich musste mich am

Abend auf der Türschwelle ermahnen, das Haus nicht zu verlassen. Sandra war zu einer Besprechung gefahren, die Kinder wären allein gewesen. Früher war ich nach der Arbeit oft eine lange Runde durch die Stadt gegangen, um am Ende eine Pizza abzuholen, die ich auf dem Hinweg bestellt hatte; das ging jetzt nicht mehr. Jetzt würde ich erst einmal die Pfirsichstücke essen, die auf ihren Plastiktellern liegen geblieben waren.

Auch andere Eltern befanden sich in dieser Phase. Die einen versuchten zu ignorieren, dass sich etwas Entscheidendes verändert hatte, neue Gesetze galten. Sie flogen über Weihnachten nach Brasilien und nahmen das Kind wie ein Handgepäck mit. Das schrie dann den Airbus zusammen. Für den Rückflug ließen sie sich einen Kinder-Beruhigungscocktail geben. Andere wachten am Morgen auf, der erste Sonnenstrahl fiel auf das Kind, das neben ihnen lag. Es hieß Fritz und war relativ dick. Was wollte der hier im Bett? Der bleibt jetzt immer bei uns. Dieses «Immer» gab es vorher nicht. Man stand zwischen zwei Lichtquellen, der Schatten fiel in verschiedene Richtungen.

Das erste Weihnachten, später Nachmittag, vor dem Fenster Dunkelheit. Eine alte Kerze, aus dem großen Schrank gesucht, brannte. Ich saß mit Max auf der Couch. Er war wach, aber ganz still. Das war die letzten Tage kaum vorgekommen. Er hatte sich an mich gelehnt. Wir hörten eine CD mit Weihnachtskantaten. Klar stand die Stimme im Zimmer: «O selge Zeit, die nun erfüllt.» Max blinzelte, lag schwer, atmete in meiner Armbeuge. Als die Geigen anfingen, erzählte ich, dass ein kleiner Junge geboren worden ist, erzählte noch mehr, von der Hütte und den Tieren, bis der Chor einsetzte: «Es bringt das rechte Jubeljahr.» Ich dachte an das erste Zimmer zurück, in dem die Plastikwanne stand mit den Schildern «Max» und «Luise». Zwei Köpfe, zueinander geneigt, damals noch ohne Haare, während jetzt ein leicht gekräuselter Flaum, eine Art Haube, gewachsen war. Ich war erleichtert, dass wir den Anfang bestanden hatten.

Wie unzählbar oft seit dem ersten Weihnachten haben Eltern erschöpft und froh mit einem neu geborenen Kind auf der Couch gesessen. «Steiget schleunig himmelan», sang die Stimme. Die Hirten wussten nicht, was geschehen war. Sie zitterten, waren erstaunt, wollten auf die Knie fallen. Die Könige hatten den weiten Weg begonnen, weil sie ein Licht gesehen hatten, das sie nicht kannten. Lang, gewunden und rätselhaft ist der Weg, bis man vor dem Kind steht. Sie brachten Geschenke mit, die auch bei uns in einer Ecke lagen, gelb leuchtende Postpakete. Aber auch Furcht ist da. Die Engel, die auf der Wiese landen, sind aus Angst und Freude zusammengesetzt.

Die Kerze brannte still in der Dunkelheit, und ich dachte an die Tiere, die im Stall stehen, die ungläubigen Ochsen und Esel, die wenig begreifen, aber gerne dabei sind und Wärme geben in der Nacht. Diese Tiere habe ich immer gemocht, und es stört mich gar nicht, wenn sie auf manchen Bildern einfältig blicken. Als wir noch nach Italien fuhren, haben wir in einem Sommer in Umbrien immer wieder Bilder von Perugino gesehen. Seine Ochsen und Esel konnten lächeln, sie lächelten süßlich, sie waren schläfrig und glücklich. Das fand ich schön. Auch Max und ich saßen so selig nebeneinander. Gelegentlich schnaufte er. Dann summte er vor sich hin. Das taten sie auch manchmal am Morgen in ihren Betten. Es war Weihnachten.

7.

Die tropfende Zeit. Maria auf der Gartenbank. Gedanken wie Tuffwolken, rosa angestrahlt. Dann aber Yuppie-Mails aus Hamburg, betreffend Espressomaschinen mit Halbautomatik. Ach, wo ist Bleibens auf der Welt?

Es war viel Zeit. Die Zeit war anders, war gefüllt, dichter. Man kam nur langsam hindurch. Die Zeit war Widerstand, Beine schwer, ich ging durch Wasser. Am Abend fragten wir: «War das gestern?» «Nein, das war heute Vormittag.» Zwischen Morgen und Abend eine lange Strecke. Es lag auch daran, dass wir um vier Uhr aufstanden. Aus irgendwelchen Gründen war Max dann wach und wollte, dass der Tag beginnt. Es ging einen ganzen Winter so. Es dauerte zwei Stunden, bis um uns herum wenigstens die ersten Fenster hell wurden. Es dauerte noch einmal eine Stunde, bis Max wieder müde wurde und sich hinlegte. Ich legte mich auch hin. Sandra und Luise frühstückten.

Nichts schien voranzugehen. Max lag auf dem Boden, wälzte sich, kam mit dem Krabbeln nicht weiter. Er wippte wie ein Fisch vor und zurück. Ich sah zu, er kam nicht von der Stelle. Die Dinge waren näher dran, es war wie ein Fenster ohne Glas. Eine Woche unüberschaubar lang. Am längsten waren die Wochenenden. Ich war erleichtert, wenn ich am Montag wieder zur Arbeit gehen durfte. Ich sah, roch, fühlte und dachte zu viel. Es würde nur eine kurze Zeit so sein. Eine Klappe hatte sich geöffnet. Ich sah in ein anderes Land. Dort fanden alle Bewegungen in Zeitlupe statt, die Augen satt vom Sehen.

Schon vorher hatte sich vieles verändert, als wir wussten, dass die Kinder kommen würden. Dinge fielen ins Auge, an denen man sonst vorbeigelaufen war. Regentropfen glitzerten silberhell an Blättern, die Blätter waren grüner als in allen anderen Jahren, die Büsche hatten einfach viel mehr Blätter. Vorher ein Schleier vor Augen, jetzt war er weggezogen. Vorher war Staub in der Luft, jetzt hatte der Regen ihn weggewaschen. Es war der Morgen nach einer Gewitternacht. Ich stand in der offenen Tür, sah in den Garten hinaus. Am Ende auf einer Bank saß Sandra. Sie war in Gedanken, hatte kein spezielles Gesicht, musste sich nicht zeigen. Am durchsichtig hellen Himmel ein paar Tuffwolken, rosa Flocken. Hinter der Holzbank eine Gartenwand, an der Efeu wuchs. Dunkelgrüne Ranken hatten die Wand ganz eingenommen, an der Oberkante bauschten sie sich auf.

Sie hatte ein dunkelblaues Kleid, das oben eng am Körper saß, unten weit war. Dort wölbte sich der Bauch. Vielleicht war es auch nur eine Einbildung, aber das Wachsen hatte begonnen. Diesen Junimorgen wollte ich nicht stören. Ich blieb in der Tür stehen. Da verschob sich das Bild, es war ein Blinzeln, leichter Schlag: Ich sah Maria. Ich wusste, warum sie mit einem Strahlenkranz über ihrem Kopf gemalt ist. Ich wusste, warum sie allein sitzen muss, am

Rand eines Hauses oder Gartens. Dahinter ist eine Hecke, und nur in der Entfernung sieht man etwas von der Welt, einen Dachfirst, zwei schmale Birken, einen Hügel. Aber Maria bemerkt davon nichts.

Erstaunen und Ruhe, das ist der Kranz über ihr. Er ist das langsame Wachsen, das potenzierte Leben, die Freude, nennt es, wie ihr wollt, man muss es sehen. Zu ihr gehen dürfte nur einer, der mit leicht erhobener Hand grüßt und dessen Herankommen keinen Luftzug bringt, sich nur als Hautkräuseln auf sie legt in dem dunkelblauen Kleid auf der Holzbank. So ist auf den alten Bildern der Engel gemalt, der die Geburt verkündet. Er beugt sich zu ihr, man erkennt die sorgfältig gerundeten Federn, deren Farbe sich in den Spitzen ändert. Ich aber blieb stehen, rührte mich nicht, wollte leise atmen. Sandra sah auf, ich wusste nicht wohin, vielleicht hatte sich etwas bewegt.

Die Zeit war ein langer Gang, in dem die Türen offen standen. Ich kam leicht von Raum zu Raum. Was Vergangenheit war, hatte sich unter die Menschen gemischt. Das Fenster stand offen, vor der Welt war kein Glas. Ich ging auf Wattefüßen, ich stand auf einem Felsen. Ja, das sind Widersprüche, so wie ich über die Kinder lachen musste, sie anfluchte, in Andacht versunken stand. Und wenn einer fragt: «War es heilig, war es komisch?», kann man es nicht sagen. Beides lag nebeneinander, und dann wechselte die Ansicht, drehte sich das Gefühl. So wie Luise, die eben noch aus dem Fenster den Vollmond ansah, ihr Gesicht beschienen, ganz gelöst – gleich einen Becher aus ihrem Becherset griff und laut hineinredete, dass es wie eine scheppernde Durchsage am Bahnhof klang.

So umgeben von Rätseln. Wie Reisende, die in den Pyramiden stehen, Zeichen, Tiere, Ornamente lesen, die sie nicht verstehen, aber hinter denen sie eine Botschaft vermuten. Konzentriertes Ansehen, als würde das Ansehen helfen. Ich sah Kinder, die an mir vorbeikrabbelten, schon um die Ecke gebogen waren, ich sah Kinder, die auf dem Bauch lagen, wippten und rot anliefen vor Wut. Meine Beine waren schwer wie vom Gehen durch Wasser. Ich sah, aber verstand nicht. Bilder in der Mattigkeit des Abends, die sich nicht ordneten, aber auch nicht auflösten, nur im Kopf herumzogen wie Tuffwolken, rosa angestrahlt.

Ich las weiter in den Büchern über Elternschaft, über das Leben mit Kindern. Nietzsche hatte von den Verwandlungen des Menschen gesprochen und nannte das Kind ein «Neubeginnen». Das hatte ich schon gemerkt. Er nannte es ein «aus sich selbst rollendes Rad.» Ich las das Sandra vor, und sie sagte: «Ha, Max als Rad, das aus sich selber rollt.» Sie lag auf dem Teppich und er krabbelte auf ihr herum. Sie trug nun auch eine Manschette am Handgelenk gegen das Gewicht der beiden Brocken, die überallhin geschleppt werden mussten. In einer halb stehenden, halb waagerechten Haltung bugsierte sie die Kinder ins Auto. Ihr Rücken war ohnehin hinüber. Ich las bei Hegel: Die Kinder sind der Tod der Eltern.

In dieser Zeit träumte ich das erste Mal genau den eigenen Tod. Ich wusste vor einem Atemzug: Der wird der letzte sein. Ich konnte noch einmal atmen, und dann würde ich nie mehr da sein. Es war ein langsames Ausgehen der Luft, ein Aufhören. Ich kannte den Grund für meinen Tod nicht. Darüber würde ich hinterher nicht mehr nachdenken können. So blieben die Gewohnheiten in absurder Weise bis zum letzten Atemzug bestehen: Was auch passiert, hinterher muss man darüber nachdenken. Aber das ging nun nicht mehr. Ich war bei klarem Bewusstsein und seltsamerweise entsetzlich traurig, bedauerte mich selbst, verstand es nicht, wollte nicht verschwinden. Ich kämpfte dagegen, zog mich zusammen, versuchte den Atemzug hinauszuzögern. Ich streckte die Arme nach vorne aus. Aber es half nichts, es ging dem Verlöschen entgegen. Dann war es soweit, der Atem ging, ein letzter Zug, aus.

Am Morgen erwachte ich erschöpft, abgekämpft. Ich wusste nicht, was passiert war, dann fiel mir der Traum wieder ein. Ich war erleichtert, war noch da, kannte mich noch. Es war Dienstag, das Denken funktionierte noch. Ich zog die Sachen an, die auf dem Fußboden lagen, Sandra saß mit den Kindern auf dem Teppich und las ihnen vor: «Heile, heile Segen, drei Tage Regen, drei Tage Sonnenschein, dann wird es wieder besser sein.» «Genau», dachte ich. Ich putzte lange die Zähne und spülte mehrmals mit viel Wasser. Leerte zufrieden den Geschirrspüler, den wir erst neu angeschafft hatten. Der Wasserdampf stieg beim Öffnen hoch, wärmte das Gesicht.

Ich lobte den Tee, den wir jeden Tag tranken, kniff Max in die Wange. Nach dem Frühstück wischte ich auf dem Tisch herum, bis er glänzte.

Dann zum Schreibtisch, um ein paar E-Mails zu erledigen. Mailen war ein großer Vorteil, denn telefonieren konnte man in der durchlässigen Wohnung fast an keiner Stelle, weil immer von irgendwoher Lärm kam, und auch das Flüchten von Raum zu Raum nützte nichts. Da wir meistens nicht rangingen, wurden die Anrufe auch seltener. Mails abrufen konnte man sogar mit einem Kind auf dem Schoß. Wenn man auf Großschreibung verzichtete, was avancierte Mailer sowieso taten, ließ sich auch eine Antwort eintippen, bis Max oder Luise mit dem Drehen und Winden begannen, weil sie herunterwollten.

«Sie haben Post», neue Mails, ah, Schwägerin-Mail aus Hamburg. Sie hielt uns auf dem Laufenden, was sie so trieb: «Gestern waren wir in der Stadt. Unter anderem haben wir eine unserer Lavalampen ersetzt. Nur habe ich mich total vergriffen, im Laden sah die ausgewählte Lampe sehr schön aus, zu Hause stellte sich jedoch heraus, dass sie eindeutig in Richtung Pink geht, wunderschön passend zum orangenen Teppich und der anderen (orangenen) Lampe! Als wir nachts nach Hause kamen, sahen wir mit Schrecken, dass unsere Wohnung in der gesamten Straße durch hell erleuchtetes rosarotes Licht auffiel, wie ein Puff!!! Furchtbar, bald kommt sicher die Polizei und verfügt dahingehend, mich zu exmatrikulieren. Vorher war es aber ganz toll.»

Diese Mails waren gut. Das waren genau die

richtigen Nachrichten. Max saß auf meinem Schoß und sah auf den Bildschirm, ich konnte weiterlesen: «Wir sind mit ein paar Leuten ins Schanzenviertel in die Summer-Lounge gegangen, einem neuen Club über den Dächern von Hamburg. Sternenhimmel. Ich habe in den Club die Fotos von den Babys mitgebracht, damit ich sie Mirja zeigen kann. Um mich herum die laute und neuste Szene-Musik, heiße Luft, stylisch gekleidete Hamburger, die entweder cool mit einem Erfrischungsgetränk (ich habe Southern Comfort Ginger Ale genommen) in der einen und Zigarette in der anderen Hand an der Wand lehnen oder wie von Sinnen (Kokain!) herumzappeln, auf der anderen Seite das Foto des unschuldig grinsenden Baby-Maxes in (s)einer blauen Baby-Welt. Mir gefällt beides, jedes hat seine Zeit (außer Kokain). Mirja war betrunken und sprach sich dafür aus, dass Max wohl eines der niedlichsten Babys der Welt sei und es gerechtfertigt wäre, dass ihr euch reproduziert, denn wo solle das Ganze sonst noch hinführen. Außerdem möchte sie später auch gerne in einem solchen Familienidyll leben. Morgen fährt Tim nach Halle zum smarten Robert, der sich dann bei uns blicken lassen wird.»

Vielleicht haben die verrückten Physiker recht, die an die Existenz mehrerer Universen glauben. Sie reden von Parallelwelten, in denen eigene Gesetze gelten, die Zeit anders läuft, der Raum Kopf steht. Aber in diese Welten kommen wir nicht hinein, unser Bezirk ist abgeschlossen, und die Zeit läuft so, wie es unsere Sonne bestimmt. Da sind andere Leben, aber wir haben kein Passwort, nur manchmal kreuzen sich die Bahnen. Man erhält eine Nachricht, eine Mail, die man mit Staunen liest, auch wenn man nicht alles versteht. Ich wollte gleich antworten, aber Max, der auf dem Fußboden lag, hatte seine Fähigkeiten erweitert. Das Krabbeln funktionierte zwar immer noch nicht, aber der Boden im Arbeitszimmer war aus Parkett, auf dem auch Schwimmbewegungen halfen.

So war er unbemerkt mit seinem blauen Anzug durchs Zimmer gerobbt und zu den Regalen gelangt, wo er an einem Buch zog: Mühsam, er musste sich mit dem linken Arm abstützen, bekam Daumen und Zeigefinger der rechten Hand kaum herum. Er schob die gesamte Reihe nach hinten. Schließlich hielt er ein dünnes Taschenbuch in der Hand, Balzac: «Liebesgeschichten». Ich wusste nicht, dass wir das haben. Sein erstes Buch also. Er hielt es hoch, die Seiten gingen auf, er drückte es auf den Fußboden. Dabei tropfte er aus dem Mund, ein Faden zog sich über den Umschlag. Nein, ich hatte es bestimmt nicht gelesen. Ich nahm es, um das Inhaltsverzeichnis anzusehen. Das passte ihm wiederum nicht, er quakte und zog an der Jeans, hangelte am Bein. Seine Proteste wurden lauter, ich reichte das Buch wieder hinunter.

Mit einem Klingelton traf eine neue Schwägerin-Mail ein, denn die alte hatte schon zwei Tage gelegen. Diesmal erzählte sie von Espresso-Maschinen. Mit jenem Robert, der inzwischen eingetroffen war, hatte sie sich in der Stadt umgesehen und informiert.

Welches Gerät schäumt wie? Der Verkäufer machte sich für Halbautomatik stark, war gut informiert, nur Halbautomatik, «wenn es Ihnen auf den Geschmack ankommt». Er legte die Hebel um, ließ das Gerät schäumen, entnahm das Tässchen, pustete, um es hinüberzureichen. Er persönlich würde diese Maschine kaufen, aber er war bereit, jede Entscheidung zu akzeptieren. Dann gingen sie in die Parfümerie, wo eine verschwörerisch blickende Verkäuferin einen ganz seltenen Duft aus dem Regal zog, «aber Vorsicht mit diesem Duft». Sie faltete die Hände, bildete eine Höhle, öffnete sie, um den Duft langsam entweichen zu lassen. Dann riss sie die Arme auseinander. Abends waren sie bei einem japanischen Trommelkonzert, die ganze Halle raste, Trommeln außen und innen, man war eine Trommel: «Das war auch etwas unheimlich, aber insgesamt ein superschönes Wochenende.»

Ich war schon vom Lesen erschöpft. Vor kurzem hatte sie von der Stille geschwärmt, es gab eine Meditations-CD und ein Buch: «Stille der Klöster». Darin jede Menge Kreuzgänge und Rosenstöcke, dazu Sprüche aus der Regel des Benedikt, die sie uns vorlas. Das ganze Leben, Klostergärten, Sterngefunkel, japanische Trommeln, blieb verschwommen wie ein Bild, das nicht trocknen kann. Beim Ziehen verlief die Farbe wie auf Wasser. Immer waren es Gefühle, und wenn man glaubte, etwas ganz zu haben, verschwand es schon. «Wie kühles Wasser ist die Wahrheit, die man trinkt, und sie erquickt», stand in dem Buch mit den Klöstern. Aber ich sah eine einzige große Verwirrung, und wenn ich früher den Pluralismus der Lebensstile gefeiert hatte, dachte ich jetzt über die Werteerziehung von Max und Luise nach.

Was sollen wir ihnen beibringen in diesem rasenden Abwechslungsprogramm? «Mal was anderes», sagt die Verkäuferin in einer Boutique zu einer Frau, die sich in ein schrecklich hellgrünes Kleid gepellt hat. Mal was anderes: Beim Tauchen in Australien von einem Hai gebissen zu werden. Und auf der Gegenseite die Zwangsneurotiker, die der chaotischen Welt ihre Ordnung entgegensetzen. Im Kühlschrank von David Beckham muss immer eine gerade Anzahl von Coladosen stehen, alle Gegenstände in der Wohnung sind zweimal vorhanden, die Möbel hat er im rechten Winkel angeordnet. Es ist so weit gekommen, dass der Verband der Friseure in seiner Neujahrsmitteilung schreibt: «Mit der Beliebigkeit auf dem Kopf ist es vorbei.»

Luise lernte stehen. Sie wollte es, aber sie konnte es noch nicht. Sie nahm sich eigentlich immer zu viel vor. Ich stand hinter ihr und hielt sie an den erhobenen Armen fest. Sie schwankte nach vorn, ich zog zurück, sie schwankte nach hinten, ich hielt gegen. Sie stand fest, legte den Kopf in den Nacken, sah zu mir hoch. Sie ging zwei Schritte und drohte nach links abzustürzen, hing in der Luft. Ich hob sie, stellte sie wieder gerade hin. Die Beine knickten ein, ich hielt, bis sie wieder stabil stand. Es wurde warm. Wir gingen einige Schritte. Wenn sie den rechten Fuß nach vorne setzen sollte, zog ich ihren rechten

Arm hoch, anschließend den linken. So kamen wir voran. Sie stand wieder, freute sich, pustete stolz durch die Lippen. Fällt sie, so stürzt sie doch nicht, denn eine Hand hält sie fest. Wieder kippte sie nach vorne weg, hing waagerecht in der Luft, mit dem Bauch knapp über dem Boden. Da war es genug. Ich fasste sie ganz, zog sie an mich und presste sie fest.

Dieser Tag hatte wieder um halb fünf begonnen. Max und Luise waren auf einen Pappkarton geklettert, um sich von dort am Heizkörper hinaufzuziehen. Ich nahm sie herunter und setzte sie auf dem Teppich ab. Mit der Zielstrebigkeit kleiner Tiere steuerten sie wieder den Pappkarton an. Gedanken zogen durch den Kopf, es war viertel vor fünf, um sechs würde Sandra kommen. Aber jetzt musste ich aufpassen. Danach durfte ich schlafen. Ich wollte die Augen schließen. Man könnte hier auf dem Boden liegen, denn die Augen werden schwer. Aber ich riss mich hoch, nahm die Box mit den Bauklötzen, schüttete sie laut aus. Wir arbeiteten zusammen an einem Turm. Ich musste Max' Arm festhalten, weil er den Turm schon nach dem dritten Element umwerfen wollte. Woher kommt überhaupt dieser Umwerfzwang beim Anblick von Türmen? Jetzt könnte ich schlafen, weil ich müde bin auf diesem Fußboden. Diese Kinder würden sicher auch schlafen, wenn ich mich hinlege. Ihre Augen würden zuklappen. Der Vater würde die Schafe hüten. Der Vater saß in einer stillen Kammer. Der Vater ließ seinen Kopf zur Seite klappen in einer stillen Kammer.

8.

Die Rückkehr der Welt. Als Unordnung, als akademischer Oberrat, als kirschroter Hosenanzug. Madonna: «Meine Kinder sind meine wahren CDs.» Neue mystische Erlebnisse. Die Samen einer Pusteblume.

Nach der Geburt der Kinder war ich natürlich zur Arbeit gegangen, aber hatte es nicht richtig gemerkt. War zur Uni gefahren, hatte alles getan, was getan werden musste, im Seminar etwas über romantische Literatur erzählt, mir selber dabei zugehört, mit einem Bleistift in Hausarbeiten herumgemalt. Aber die volle Aufmerksamkeit hatten die Kinder auf sich gezogen. Nach einigen Monaten begann sich das zu ändern. Langsam kehrte die Welt zurück, Menschen und Schreibtische schoben sich vor, wurden größer. Es gab Termine und Aufträge. Also zog ich am Morgen das Fahrrad aus dem Carport. Mit müden Beinen durch den Wald, durch den ich die Kinder schob, bog dann in eine andere Richtung ab. Bevor ich ins Gebäude ging, zog ich meine Kleidung zurecht, prüfte sie noch einmal auf Milchflecken.

Vor den Postfächern stand ein älterer Kollege, der fragte, wie es den Kindern ginge: «Unser Werner stand immer um fünf Uhr auf. Das vergesse ich nie. Schlafstörungen hat er bis heute.» Ich sagte: «Max steht um vier auf.» Die Didaktikerin versuchte einen weiß gelockten Hund in ihr Zimmer zu ziehen. Er stand und knurrte, sie rief «Du, du, du» und zu mir: «Er hört nicht, hört nicht, hört nicht.» Es kam der riesige, kahl rasierte Doktorand, der immer auf dem Gang von Foucault erzählte. Es ging um «Diskurs» und «Gefängnis», und das kam mir in meinem neuen Leben alles noch seltsamer vor, ich sagte: «Dann sollen die doch aus ihrem Diskurs und ihrem Gefängnis herausgehen», was natürlich unqualifiziert war, ich wollte auch nur durch. Aber er empfahl mir den späten Foucault, das wäre für mich geeignet, Ethik der Lebenskunst, sagte er verschwörerisch, die Foucault-Rezeption entdecke das gerade, und Foucaults Kehre sei das Thema einer Konferenz, zu der er nach Paris fahren werde. Ich versprach, das alles zu lesen, sein breiter T-Shirt-Körper bewegte sich zur Seite, ich durfte passieren.

Ich musste zum Dekan, weil ich eine Unterschrift brauchte. Er verschluckt jeden Morgen einen Stock, nennt mich «ah, der junge Kollege», hat graue Locken; ihm ist nicht wohl in seiner Rolle, aber sie gefällt ihm sehr. Ich stand vor seiner Schreibtischlandebahn, er reichte den unterschriebenen Bogen herüber. Dann schnell die Treppe hinauf, denn es sollte eine Zimmerübergabe stattfinden, die mir eingefallen war, als ich Sandra zusah, wie sie Luise wickelte. Ich hatte mich langsam und, wie ich hoffte, unmerklich aus dem Geschäft des Wickelns zurückgezogen. Es kam ein Exrevolutionär, der auf Druck seiner Tochter nun mit Robbie-Williams-Haarschnitt auftritt. Das seit dem 30.03. theoretisch leer geräumte Zimmer war jetzt im Juni mit Teekochern,

Tastaturen, Bananenkästen, Goethe-Ausgaben und Nachlässen voll gestopft: «Ja, das muss hier noch weg, das ist alles abgeschrieben, wohin, diese Kisten, ich weiß nicht, das ist alles erledigt, Restarbeit, wieso ich?» Er scheuchte mich ins Sekretariat, flatterte herum wie Peter Handke. Die Sekretärin hielt ihren riesigen Gewerkschafts-Trinkbecher in der Hand, die nun hundelose Didaktikerin war auch da: «Schrankschlüssel fehlt, Charlotte, hat nicht der Klaus den Scanner in dem Zimmer installiert? Hat nicht der Klaus den Schlüssel vom Schrank, Charlotte, du weißt doch.»

Ich ging zurück in das Zimmer, fand einen Stuhl hinter vielen Kartons, nahm einen Band einer Goethe-Ausgabe. Es war «Faust», ich blätterte herum, fand die Verse von Lynkeus, der auf einem Turm steht und von oben die Welt übersieht, so einen Platz hätte ich auch gerne:

Ich blick' in die Ferne,
Ich seh' in der Näh'
Den Mond und die Sterne,
Den Wald und das Reh.

Beim Stichwort Wald fiel mir ein, dass ich durch den Wald nach Hause fahren musste. Sandra hatte einen Termin, ich hatte vergessen, was für einen. Ich ging eilig durch die Gänge, fuhr nach Hause, klingelte dabei eine Gruppe von Walkern zur Seite. Aber als ich ankam, saßen alle zusammen im Garten. Ein Irrtum im Tag, der Termin war erst morgen.

In der Mitte des Rasens lag eine große hellblaue Wolldecke, auf der sich Max und Luise aber nie aufhielten. Aus der Vielzahl ihrer Kopfbedeckungen trug Luise ein weißes Tuch, das nach oben spitz zulief, Max eine blaue Mütze mit breiter Krempe. Er kniete auf allen vieren im hohen Gras, seine Wangen waren nach einer Phase des Abnehmens wieder gepolstert. So blickte er nachdenklich unter der Mütze hervor und über die Halme hinweg. Luise hatte zu tun, zupfte mit ihren feinen Fingerspitzen einen Halm, den sie nach gründlicher Prüfung wieder fallen ließ, um sich den nächsten auszusuchen. Passenderweise war der Rasen lange nicht gemäht worden. Sandra saß auf der alten Holzbank, die wir im Keller gefunden und notdürftig zusammengeschraubt hatten. Sie lächelte, denn aus irgendwelchen Gründen, man wusste nie, warum, war dieser Tag friedlich verlaufen. Sie trug ein hellrotes Kleid, das ich gar nicht kannte, hatte die Beine übereinandergeschlagen, ihre Haare leuchteten.

Ich küsste sie, setzte mich zu ihr. Wir sahen uns um, wir hatten die Lage unter Kontrolle, denn selbst wenn Max und Luise gleichzeitig in zwei Richtungen loskrabbelten, waren sie noch nicht schnell genug, um uns in Bedrängnis zu bringen. Auf dem Rasen verstreut lagen ein Tablett und einige Trinkbecher, einer auch weiter entfernt unter einer Tanne. Dazu kleine Bücher, Schuhe und angebissene Vollkornkekse. Ich nahm eines der Bücher, in denen ein Eisbär eine Schneeballschlacht mit einem vollkommen unterlegenen Hasen beginnt. Die Sonne war warm,

Sandra schloss die Augen. Die Glyzinie an der Mauer zur Straße war stark gewachsen, hatte die Oberkante erreicht, drehte und wand sich dort zu beiden Seiten. Max zog sich an dem jungen Pflaumenbaum hoch, der nicht viel älter war als er, aber mit einem Holzpflock gesichert. Das mitgenommene Telefon klingelte auf den Steinen, bis es wieder aufhörte. Luise hatte Gänseblümchen entdeckt und setzte sich in Bewegung. Ich zog mir die Schuhe aus, legte mich auf die Decke.

Am Abend musste gesprengt werden, die Blätter hingen, es war immer noch warm. Mit dem Schlauch herumgehen, Wasser auf die Hortensie, bis es von den dicken Blättern tropfte. Die Erde färbte sich dunkel, zum jungen Pflaumenbaum, der seine Früchte noch nicht richtig halten kann, voller Strahl. Die Bergaster kommt, ja sie kommt. Die knorrige Rose vollgesprüht. Es rieselte von Blättern, rann und floss. Es sickerte ein, das nasse Gras roch, feuchte Erde auch. Der Strahl über den Weg färbte die Steine. Heiß war der Tag, lang war der Tag. Jeder bekommt, steht gut da, steht nass da. Die Stockrose hob sich wieder. Am Ende hing ein feuchter Schleier über allem, Grasluft, Wasserluft.

Wir hatten den ganz sinnlosen Wunsch, die Kinder von manchen Gegenständen und Umgebungen fernzuhalten, sie waren noch so rein, wenn sie dalagen: mit ihrer unverbrauchten, weißen, glatten Haut, mit diesen blank geputzten Augen ohne Schramme und Kratzer. Wir gingen fast nie mit ihnen in die Stadt, in der wir nur Dreck und grelles Licht sahen,

Beschallungsmusik hörten, die uns früher nicht aufgefallen war. Die Kaufhausluft schwer und lastend, die Menschen hatten käsige Gesichter. Auch deshalb schoben wir jeden Tag durch den Wald. Das war der richtige Ort für neugeborene Wesen. Kühle am Morgen, wir waren die ersten, die Taufäden hingen noch über dem Weg. Schwere, feuchte Stämme, frühe Sonne, die durch die Blätterhöhe kam, die Nässe anfasste. Die Stille, in der die Reifen des Kinderwagens glitten.

Als ich am Sonntag losgehen wollte, war bei den Nachbarn schon Besuch. Ein kirschroter Hosenanzug wischte und scheuerte am Auto herum. «Insekten müssen runter, ätzen den Lack weg, morgen kannst du das vergessen.» Starkes Schrubben am Scheinwerfer, «hier Rückseite vom Spiegel, da denkst du nicht dran, das vergisst du, Jürgen, Sonnenbrille, gib mal.» Die Nachbarin erklärte den Garten, zeigte auf einen sehr dünnen Baum, den sie schon immer haben wollte, kanadisches Zierding. «Der leuchtet in 3000 Farben, das kommt noch, dann ruf ich dich an.» «Mein neuer Saab steht draußen.» «Deine Figur hat sich super gehalten.» Die Männer mit sonorer Stimme, hatten die Lage im Griff, hatten den Überblick, sagten «ah, der junge Vater.» Luise sah aus dem Wagen hoch, Max schlief selig, den Mund halb geöffnet, wir schoben grüßend vorbei.

Madonna hat gesagt: «Meine Kinder sind meine wahren CDs.» Aber es muss heißen: «Meine Kinder sind die wahren CDs.» Denn wie groß sind die eigenen Anteile? Madonna hat ihre Kinder nicht erfunden, nicht aufgenommen, sie werden keine Madonna-T-Shirts tragen oder kreischend in Ohnmacht fallen, wenn sie singt. «Meine», das wird weniger. Du hast die Fähigkeit, etwas in die Welt zu setzen, Zeugung eben, das ist schön. Aber auch diese Kraft hast du geschenkt bekommen, nur geliehen. Und danach lenkt man das Spiel nur noch sehr begrenzt. Ich bestimmte, wohin wir mit dem Kinderwagen fuhren, das war alles.

So ist es auch mit den Arbeiten, die man für eigene hält. Soviel Dunkles, Unwissenheit, geschenktes Glück und Not gehen darin ein. Von der Seite kommen Kräfte. Erschöpft und frierend steht der Maler vor dem Bild, weil ein fremder Meister mitgemalt hat. Er sieht auf die Landschaft und weiß, dass er es selber nicht gekonnt hätte. Was sind das für Farben, die er jetzt erst bemerkt, wie sind die Figuren dahingekommen, aus welchem Traum? Mit seltsamen Blicken sehen sie sich unter verschlungenen Bäumen an. Da sind sie zu einem Reigen versammelt. Der Maler sammelt sich, schüttelt sich, seine Muskeln sind noch fest, er spürt sie nicht. Das ist nicht sein Bild. Deshalb ist auch Unähnlichkeit besser als Ähnlichkeit, und Väter sollen sich unähnliche Kinder wünschen, die ihren eigenen Weg nehmen.

Die Glanzaugen des Anfangs, unbekanntes Hellblau, veränderten sich langsam. Zuerst ein See, bis auf den Grund sah man hinein. Dann minimal eingedunkelt, etwas weniger offen, nicht mehr ganz so durchsichtig. Ein feiner Kratzer hier, erste Zwänge, in die Kinder geraten. Erster Druck, den sie spüren, kleine Trübung. Später, wenn sie gelitten haben, bekommen sie Flecken. Werden unruhig, fahrig, flattern. Am Ende, bei den Alten, sind es trübe Fenster: Spuren im Glas, nicht mehr wegzuwischen, auf dem See Schlieren. Oder sie werden schmal, werden Schlitze, Schießscharten. Nur jetzt am Anfang klare Augen, geöffneter Mund, Nasenlöcher leicht gebläht wie Nüstern. Max lag auf dem Boden, aus ihm kam glucksendes Lachen wie Wasser aus einem Bergloch. Er konnte nicht aufhören, das Lachen kam, quoll, floss. Immer ein neuer Schub, er lachte, hob die Beine, kugelte sich zusammen.

Im Tao-Te-King hatte ich mir Sätze angestrichen: «Wenn der Mensch geboren wird, ist er weich und schwach, wenn er stirbt, ist er fest und hart. Wenn Gräser und Bäume wachsen, sind sie weich und saftig.» Ja, weich und saftig waren die Kindergesichter. Nie wieder erreichte Zartheit um das Kinn, Wangen, die die Natur wunderbar erfunden hat. Sie lösen den Zwang aus, hineinzukneifen. «Das Weiche und Schwache gehört zum Leben, das Feste und Starke zum Tod.»

Der Betonblick der Menschen mit Mitte vierzig, Falten, gegen die man rennen kann. Gesichter, die sich nur noch mechanisch bewegen, Essen wird eingefüllt, Worte fallen raus. Wenn ich lange Max und Luise angesehen hatte und dann in den Spiegel guckte, erschrak ich: Mein Backsteingesicht. Und man trifft sich mit Gipsgesichtern zu kalkigen Gesprächen. Ah, die Pflaumenwange des Anfangs, die man gefühlt haben muss wie grundlose Freude beim Aufstehen. Ich kam ins Zimmer, sie waren schon wach, sahen beide vergnügt, einer rechts, einer links, aus ihren Schlafsäcken heraus.

Wir begannen zu spielen. Das fiel mir leicht, das musste ich nicht lernen. Wir saßen auf dem Teppich, probierten neue Turmkonstruktionen aus. Ein Freund hatte neulich ein langes Viadukt durch unsere Wohnung gebaut, und daran versuchte ich mich. Als es langweilig wurde, verwandelte ich mich in einen schwarzen Panther. Er lauerte an der Seite, Max und Luise liefen wackelnd vorbei, er versuchte sie zu schnappen. Er knurrte grässlich, sprang hervor, schaffte es aber höchstens sie zu streifen. Gleich drehten sie um, warteten, nahmen neuen Anlauf, kamen kreischend an mir vorbei. Da gab es nur noch das Spiel mit seinen Gesetzen, alles andere vergessen, ich freute mich an der Freude der Kinder. Sie sind für Steigerungen beim Spielen immer zu haben, und also schnappte ich doch einmal zu, hatte Max: «Jetzt bist du fällig», und biss ihm in den Bauch. Er trat mit den Füßen, schob mich weg; er begann inzwischen, jungsmäßig zu kämpfen. Luise wollte danach unbedingt auch zum Opfer werden, aber sie fiel, als ich sie fasste, sofort in Schreckstarre, schrie in wahrer Angst, bis Sandra sie rettete.

Den Panther kannten wir aus einem kleinen Buch, das wir uns anschauten. Sie saßen mit ihren weißen Bodies auf dem Sofa, ich in der Mitte. Ein Stapel mit Büchern, die wir durchgehen wollten. Zuerst das quadratische mit den dicken, abwaschbaren

Seiten. Darin waren Tiere aller Art zu finden, geordnet unter Seitenüberschriften wie «Riesen», «Tierkinder auf dem Bauernhof», «Tierkinder der Wildnis», «Was kriecht da?», «Stark», «Schnell», «Gut geschützt» und «Stachelig». Max und Luise zeigten auf Tiere, die ich benannte, sagten jene Namen, die sie schon wussten. Gemeinsam erörterten wir mit Lauten, Gesten und Grimassen die Vor- und Nachteile einzelner Geschöpfe. Beide mochten den in der Tat sehr freundlich blickenden Esel, aber auch den Braunbären, den sie vielleicht mit ihrem Stoffbären verwechselten.

Der Höhepunkt der Lektüre aber war der Panther, der erst auf der letzten Seite erschien, unter den Tieren der Nacht. Er war riesig, nahm fast die gesamte Seite allein ein, schwarz wie es nur geht, und wegen der Beschichtung des Buches glänzte sein Fell. Aus dem Schwarz hoben sich nur die zwei leuchtenden, gelbgrünen Augenpunkte hervor, mit denen er uns ansah. Schon bevor diese Seite kam, rutschte Luise hin und her, sie wusste es, sie wollte es, und wenn ich das letzte Mal umblätterte und er erschien, dann schauderte sie und starrte mit Angstlust die Bestie an.

Wenn sie dann noch eine weitere Gruselgeschichte ertragen konnte, nahmen wir uns das Buch «Elsa Entchen ganz allein» vor. «Bleib schön hier, Elsa», sagte Mama Ente. «Mach ich», sagte Elsa Entchen. Was so friedlich begann, erhielt auf der zweiten Seite Dynamik. Der Teich mit Schilf und Seerosenblättern lag im dunklen Licht, der Satz

«Aber das tat Elsa nicht», den wir gemeinsam laut sprachen, kündigte das Unheil an. Elsa schaute den Fischen zu, jagte Libellen und hüpfte rhythmisch über die Seerosenblätter. Sie vergaß sich im Spiel mit einem Frosch, der plötzlich verschwunden war. Luise rückte näher an mich heran. «Huhu!», sagte Elsa, aber der Frosch war weg. «Mama?», rief Elsa, aber Mama Ente war auch weg. Elsa war ganz allein. Unter ihr bewegte sich ein riesiger Karpfen, über ihr erschien ein Raubvogel mit Krummschnabel. Sie versteckte sich im Schilf, wünschte sich dringlich ihre Mutter zurück, Luises Augen hatten sich geweitet. Etwas raschelte am Ufer, kam über mehrere Seiten näher, immer näher und näher und näher und näher, wir hielten den Atem an und riefen auf der letzten Seite: «Mama!» Sie war es, groß und weiß und gütig erschien sie im Schilf. Sandra kam ebenfalls aus dem Arbeitszimmer, Max und Luise sahen sie begeistert an, die Weltordnung war wiederhergestellt.

Nach diesen Exzessen tat Abkühlung Not. Das Buch «Große Fahrzeuge auf dem Bauernhof», das vollkommen unaufregend war. Nach einem blauen Traktor erschien ein Milchlaster, dann ein roter Traktor mit Pflug, eine Mähmaschine, ein Mähdrescher und zum Abschluss wieder ein roter Traktor. Einziger Höhepunkt dieser Lektüre war eine Kuh, die aus einem Scheunenfenster blickte und dabei ein erstaunt-dusseliges Gesicht aufsetzte, das Luise vortrefflich nachzuahmen wusste. Wir besaßen eine ganze Serie von solchen photorealistischen Büchern, in denen verstopfte Kreuzungen abgebildet waren, oder eine Familie in einem Parkhaus nach ihrem Auto suchte. Schon deprimierend zu nennen war ein in Pastellfarben gehaltenes Werk, in dem zwei bleiche Kinder mit ihrer geschlechtslosen Mutter im Supermarkt standen. Ohnehin war die Unattraktivität von Müttern in Kinderbüchern auffallend, sicher hatte das pädagogische Gründe. Daneben eine Oma mit Riesendauerwelle, im Vergleich zum ausliegenden Käse viel zu groß gemalt. Die Äpfel lagen trostlos in Kisten, alles war übersichtlich, alles aufgeräumt, eine lange Reihe von Weißbrotlaiben zog sich durch die angrenzende Bäckerei, in der Menschen mit grünen Hosen an Stehtischen Windbeutel aßen. Das schlugen wir zu. Da gönnten wir uns lieber etwas Regression, nahmen ein Baby-Buch, dessen Seiten Vertiefungen aufwiesen, die der Leser mit dem Finger nachfahren sollte. Motorik-Training, das beherrschten sie locker und demonstrierten, wie leicht es war, der schwarz-gelben Flugbahn einer Biene zu folgen, die ihrem Freund bei der Suche nach einem verlorenen Ball half.

Abend, Ruhe, die aus warmen, feuchten Wolken kam. Alle Autos geparkt, nur ein entferntes Klappern von Geschirr aus einem Fenster. Auf der Straße ging einer schlurfend vorbei. Die Tanne vor dem Haus trieb eine helle weiche Spitze. Auch die Enden der Zweige waren hellgrün und neu. Ein Vogelruf zu hören, die Drossel flog vorbei. Da kam es mir vor, dass sie durch mich flog, es gab nur einen Raum, und alles war innen: Die Gartenmauer mit ihrem körnig-weißen Stein, mit dem gesprenkelten Belag, den grünen und grauen Moosflecken. Das hohe Gras, das von einem Windschub gebeugt wurde. Es richtete sich wieder auf, atmete aus. Die Rose, die an der Mauer heraufwuchs, ihren Namen hatte ich vergessen, stand schon immer hier. Einmal öffnete sich der Himmel, der schon grau war, aus einem Spalt kam himbeerrotes Licht, das die Mauer färbte. Mehr wollte ich nicht, und dieses ‹ich› war auch verschwunden, vorbeigeflogen wie die Amsel mit ihrem kurzen Ruf im Flug. Das Licht nahm ab, zuletzt war nur noch die Tannenspitze hell.

Dann war es wieder schwer, Ruhe zu finden. Aus dem Kinderzimmer kam Geschrei, die grünen Leuchtziffern des Weckers, 01:30. Schreien, ich wusste nicht warum, lag im Dunkeln. Sandra ging zu Max, versuchte ihn zu beruhigen, kam zurück, Protestschrei, 01:50. Der Tag war friedlich, keine Zahnschmerzen, man sucht nach Gründen, knetet die Bettdecke, ich wollte wenigstens wissen, woran es lag, 02:10. Ohrenstöpsel, die roten, die im Nachtschrank lagen, nützten nichts, auch das gedämpfte Schreien reichte, um wach zu bleiben. Sandra ging zu Max, kam wieder, 02:30. Die Kirschen, es waren die Kirschen am Nachmittag, ich hatte es geahnt, warum gibt man so kleinen Kindern auch Kirschen. Ich sah sie, Kirschen mit dunkler, rot glänzender Haut, die ins Bläuliche schillerte. Dunkle Kirschengesichter, es schrie stoßweise, zerrte, 02:40. Stille. Plötzlich hörte es auf, wie es gekommen war. Ich konnte es nicht glauben, horchte gespannt, musste zur Ruhe kommen, Puls herunterfahren. In Wartestellung auf dem Rücken, ich bewegte mich nicht. Dann die Müdigkeit, die Kirschen wurden blass. Sie entfernten sich, wurden Kreise, Teile eines Musters, das vor dem inneren Auge stand, in Bewegung geriet, kreisende Kirschen.

Mit Luise war ich einen Hang hinaufgestiegen. Wir erreichten einen Hügelabsatz, standen vor einer Wiese voll mit weißem Löwenzahn, Pusteblumen. Große runde Kreise, dicht nebeneinander und hintereinander. Sie bedeckten die ganze Wiese, das Gras nur zwischen ihnen zu sehen. Sie waren alle noch vollständig, es hatte keinen Regen oder Wind gegeben. Davor hielten wir an, ich pflückte ein paar vom Rand, blies hinein. Die Samen hoben sich, flogen auseinander. Einige blieben verhakt, kamen im Pulk schnell herunter. Andere trieben auf den Waldrand zu, verschwanden im Unterholz. Ein kleiner Aufwind griff Schirmflieger, die sinken wollten, hob sie noch einmal. Die Luft vor uns war gefüllt, Luise wollte die Fäden fassen, wirbelte sie auf. Sie lachte, als wir weitergingen und in einen kleinen Schwarm gerieten, der an ihrer Kapuze hängen blieb. Wir mussten stehen bleiben, um sie abzuklopfen.

Als wir den Wald erreichten, fing es an zu regnen, leichter, warmer Sommerregen. Befeuchtete die Erde, ließ sie frisch aufbrechen. Erdgeruch hing in der Luft, süß, herb. Der Regen an den Zweigen tropfte. Er lief uns entgegen, suchte sich eine Bahn zwischen Steinen, in Furchen. Schlängelte sich den Weg herunter. In einem Kinderbuch, das Max und

Luise noch nicht verstanden, aber gerne ansahen, war der Regen erklärt, ein Kreislauf: Die Sonne scheint auf die Erde, Wasser verdampft. Die Luft füllt sich, bis eine Wolke entsteht. Diese Wolke wird schwer, Wasser löst sich, es regnet. So bilden sich Pfützen. Aber das muss man nicht verstehen. Regen sprühte mit dem Wind heran. Die Zweige hingen tief, der Sand getränkt, glänzte dunkel.

9.

Brabbeln am Morgen. Wir waren zusammen krank. 39,8, 39,6, 38,5 Grad. Hast Du Lust auf etwas luxuriöse Pflege für Deine Haare? Brenzlichkeitsstufe rot. Ich kühlte Luises Stirn mit einem Cornetto-Erdbeer. Philemon und Baucis. Alles Musik.

Aus dem Nebenzimmer waren schon ihre Laute zu hören. Halbwach und schläfrig, ein Brabbeln. Es war nicht leicht, Max und Luise zu unterscheiden. Es war ein Lallen und Singen mit leisen Tönen. Einzelne Laute, dann auch ein Reden, als sollte es eine Geschichte werden. Wollten sie etwas sagen? Vielleicht ging es nur darum, die Zunge zu bewegen, wach zu sein, aber noch nicht ganz, sich einzuspinnen in das Brabbeln. Jedenfalls dämmerte ich noch einmal ein. Wachte von ihren Geräuschen wieder auf. Jetzt waren es deutlich beide, und es kam mir vor, als ob der eine in die Lücke des anderen eintrat mit dem Singsang. Es waren hohe Töne, mit «a» und «e» verbunden, weiche Konsonanten. Bei Max langsam, bei Luise schneller werdend. Dann ging es gleichzeitig, nebeneinander her, ein Gerede, in dem nichts zu unterscheiden war, ein Brei von Lauten, in dem gerührt wurde.

Sie waren gleichzeitig still. Vielleicht war ein Krähenschatten vorbeigekommen, vielleicht schien die erste Sonne ins Zimmer. Oder es war das Geräusch der von ihnen geschätzten Straßenmaschine, die summend, sausend und schlürfend vorbeifuhr, um den Asphalt zu reinigen. Aber das hätte ich ja auch gehört. Außerdem kam dieses Fahrzeug am Mittwoch. Und heute war nicht Mittwoch. Oder sie waren wieder eingeschlafen. Das passierte aber eigentlich nie. Dann setzte es wieder ein. Ein deutliches Rollen von Luise war zu hören, dann ein Zischen. Max setzte seine Lieder fort, fiel in einen summenden Dauerton, rollte die Laute wie Holzräder weiter. Der Faden riss nicht mehr ab. Ich stand auf. Hoffte, an ihrem Zimmer vorbeizukommen, ohne dass sie mich bemerkten. Das war nicht leicht, denn aufmerksam waren sie immer. Sandra musste beim Duschen sein, ich hörte das Rauschen. Wenn ich es schaffte, hätten wir vielleicht etwas Zeit für uns.

Dann waren wir zusammen krank. Wir saßen auf dem Sofa, Max und Luise rechts und links im Schlafsack. Halb an mich gelehnt, halb auf mir. Sie sahen elend aus, gleichzeitig weiß um die Augen und dunkelrot um die Nase. Wenn sie hochsahen, dann waren ihre Augen trübe, fast apathisch, aber doch mit der Hoffnung, dass ich etwas ausrichten könnte. Aber was sollte ich tun? Sandra maß bei allen Fieber, Luise 39,8, Max 39,6, ich 38,5. Ich ging langsam auf matten Beinen in die Küche, um Wasser zu holen. Als Luise den Becher an beiden Henkeln hielt, nieste sie beim Trinken, das Wasser sprühte ihr ins Gesicht und über den Schlafsack. Nun weinte sie auch noch. Ich zog den Schlafsack aus und suchte ihren zweiten, der aber auf der Wäscheleine hing. Ich wickelte sie in eine Decke. Das tat ihr offenbar gut, denn sie schlief ein, während Max vom Sofa herunter wollte. Aber dafür war er zu schwach.

Ich versuchte, an irgendetwas zu denken, aber es ging nicht. Ich versuchte, die Tore der Bundesligaspiele von gestern durchzugehen, aber ich konnte mich nicht erinnern. Versuchte, in eine Schlafhaltung zu gelangen, aber mir war warm, und die fiebernden Kinder wärmten von den Seiten. Ihre Haare waren abstehend und verschwitzt. Vielleicht sollte ich ins Bad gehen, um meine Haare zu waschen, die sich auch nicht gut anfühlten? Aber Max und Luise würden auf dem Sofa umsinken, wenn ihre Mittelstütze weg war. Stattdessen nahm ich Zwieback aus einer Packung, die auf der Lehne stand und verteilte ihn. Luise war von dem Knispern wach geworden. Wir mussten abwarten, ob uns der Zwieback bekommen würde. Zur Sicherheit nahm ich einen Eimer auf den Schoß. Er war dunkelblau und groß.

Aber irgendwann saßen wir auf dem gleichen Platz, durch das geklappte Fenster kam wieder frische Luft, und wir waren gesund. Sie beschäftigten sich mit ihren neuen Hüpfpferden. Das sind aufblasbare Tiere aus sehr festem Gummi. Ich hatte etwas gebraucht, um die Ventiltechnik zu verstehen, aber dann hatten sich ein blaues und ein rotes Wesen entfaltet, etwa einen halben Meter hoch und sehr rund. Sie hatten Ohren, an denen man sich beim Reiten festhielt, einen Stummelschwanz und einen erstaunlich ausdehnbaren Bauch, der bis auf den Boden reichte. Ein Kind auf einem Hüpfpferd ist ein komischer Anblick, aber zwei Kinder, die hintereinander aus einem Zimmer geritten kommen, sind es erst recht. Im Laufe der Jahre sollten sie eine hervorragende Reittechnik und großen Mut entwickeln. Sie erreichten mit diesen Tieren, die ich gelegentlich durch Pumpen vergrößerte, enorme Höhen, fielen herab, stießen sich wieder nach oben. Der Boden bebte.

Ich nutzte die Gelegenheit, um nach Mails zu sehen, Sandras Schwester hatte uns nicht im Stich gelassen. «Am Sonntag waren Tim und ich mit Agnes und Hanjo erst im Cafe von Indra in der Schlüterstraße, danach im Stadtpark spazieren. Der Stadtpark erinnert mich immer noch an Omi. Er ist wunderschön zurzeit. Heute ist es total stürmisch draußen, mal sehen, ob Tim vor 21 Uhr zu Hause ist, dann könnte ich noch mit ihm raus. Jetzt rief Mami eben gerade an: Ich versorge sie ja immer mit Schuhen. Heute Mittag hatte ich welche für sie, die ihr aber nicht passten. Schöne modische Wildleder-Schuhe. Sie wollte sie dennoch nicht wieder hergeben und erzählte mir gerade am Telefon (frei nach dem Motto: Was nicht passt, wird passend gemacht), sie hätte Sohlen herausgerissen und ihre hineingeklebt ... Der alte Schuh-Geier. Apropos Geier: Kannst Du etwas Bestimmtes zu Deinem Geburtstag gebrauchen (außer Schlaf, hahaha)? Ich habe in der Stadt einen Laden entdeckt, in dem unglaubliche Dinge rund ums Haar verkauft werden. Man wird von Frisören beraten, es gibt hunderte von Haarshampoos, Kuren, Pflege- und Glanzsprays, Bürsten usw. Ich habe mir mal ein Shampoo dort gekauft, hätte nicht gedacht, dass es solche Unterschiede gibt, die Haare fühlten sich ganz toll an. Bin nun wieder aus Vernunft bei Nivea gelandet. Aber mal kann man so was durchaus machen! Hält auch ziemlich lange. Ich würde Dir was Feines aussuchen (lassen). Habe ich eigentlich erwähnt, dass meine Haare zwischenzeitlich dunkelbraun getönt waren?»

Während ich die Beschreibung der gegenwärtigen Haarfarbe las, die Probleme einer Übergangsphase, horchte ich zu Max und Luise ins Nebenzimmer. Es waren Klopfgeräusche zu hören, die sich nicht direkt zuordnen ließen. Unterbrochen wurden sie von kommentierenden Lauten Luises. Es klang nicht beunruhigend, also weiter zu den Examensergebnissen, die bei den Juristen per Post zugestellt werden. «Am Tag kann ich das Examen gut verdrängen, aber die Nächte sind voll von Albträumen. Eine Nacht ist blöder als die andere. Je weiter das Examen weg ist, desto sicherer bin ich, dass ich durchgefallen bin. ‹Schlafen und vergessen› ist eins meiner Lebensmottos in schlechten Zeiten. Jetzt ist es 11:38 Uhr, die Zeit des Postboten naht, und ich habe Angst. Ab morgen gilt die Brenzlichkeitsstufe rot, dann sind es nur noch zwei Wochen, die sind die gefährlichsten. Oh Gott, bitte denk an mich (zwischen 13:00 – 13:30 Uhr).

Nachher werde ich ins Krankenhaus fahren, um die arme Philine zu besuchen, sie ist am Dienstag operiert worden. An der Stirnhöhle und den Nasennebenhöhlen. Auch Stimmbänder und Kehlkopf sind nicht ganz in Ordnung. Vorgestern und gestern ging es ihr so übel, dass ich sie nicht besuchen konnte. Der arme Pechvogel! Gerade ist eine 1,5-jährige Katze von ihr überfahren worden. Also überfahren worden ist sie natürlich von jemand anderem, aber ihr gehörte sie. Muss ein paar frische Blumen für sie kaufen, für Philine, nicht für die Katze, schreibe heute nur unverständliches Zeug, aber der gute Wille zählt, oder? Wie geht es mit dem Seminar bei Dir voran, oder sind bereits Semesterferien? Ich hoffe, Dirk geht es mittlerweile ganz vernünftig, so dass Du bald ein wenig Unterstützung mit den Quälgeistern einfordern kannst, insbesondere in der Nacht.

Neuerdings kommt der Postbote schon manchmal ab 12 Uhr, manchmal erst gegen 14 Uhr. Gestern war Hanna (neue Freundin von Hans), die das erste Staatsexamen bereits hinter sich hat, zum Frühstück bei mir und blieb bis 12 Uhr, als wir vom Balkon aus das grauenhafte, in aggressivem Gelb gestrichene Postbotenfahrrad erblickten. Mir blieb fast das Herz stehen. Das Ganze ging ohne Klingeln von Statten, aber kurz nachdem Hanna gefahren war und ich mich für den Tag bereits in Sicherheit wähnte, klingelte es doch. Ich dachte, sie hätte etwas vergessen, aber es meldete sich zu meinem Schrecken der Postbote, der in die Sprechanlage sagte, er hätte etwas vergessen.»

In diesem Moment brach von hinten ein wildes Geheul los. Brenzlichkeitsstufe rot. Ich rannte los.

Max war nicht zu sehen, Luise stand im Zimmer, rot angelaufen. In diesem Rot war ein dunkelroter, fast schon blauer Fleck mitten auf der Stirn zu erkennen. Dort hatte Max sie also mit einem der Holzbauklötze getroffen, die auf dem Fußboden verstreut lagen. Ihn selber entdeckte ich hinter der Tür, die Schuldfrage war damit wohl geklärt. Ich brüllte nicht, brüllte überhaupt nicht, nahm Luise unter den Arm und ging mit ihr in die Küche. Die Stelle musste gekühlt werden, im Tiefkühlschrank war keins dieser so genannten Kühlfrüchtchen, die Sandra bei solchen Gelegenheiten benutzte. Allerdings lag in der untersten Schublade noch ein Erdbeereis, mit dem ich nicht gerechnet hatte. Also hielt ich Luise ein Cornetto-Erdbeer gegen die Stirn. Als sie sich beruhigt hatte, setzen wir uns auf die Couch und leckten es zu dritt. Bei dieser Gelegenheit ließ sich mit Max in Ruhe das Problem der Gewaltanwendung besprechen. Ich erklärte ihm, dass Konflikte nicht mit Holzbauklötzen und Stirnschlägen zu lösen seien. Er sah freundlich, einsichtig und lächelnd zu mir hoch, verfolgte dabei gleichzeitig die Bewegung des Eises, um beim abwechselnden Lecken nicht ausgelassen zu werden.

Wir nahmen das große Liederbuch, das Sandra und die Kinder benutzten. Sie durften sich Lieder wünschen, die sie an den Bildern inzwischen erkannten. Bruder Jakob musste aufstehen, er lag noch im Bett, wir sangen das Lied in vielen Schleifen, fingen immer wieder an. Was sie sangen, hatte schon Ähnlichkeit mit dem Text, aber vor allem konnten wir die Glocken zusammen schlagen lassen, «Bim-Bam-Bom», wobei ich sie zu entsprechenden Bewegungen mit den Armen animierte. Anschließend las ich das Lied «Es führt über den Main eine Brücke aus Stein», das ich nicht kannte: Alle Menschen, die auf die Brücke gehen, müssen dort tanzen. Ein Fuhrmann kommt mit seinen Pferden, die tänzeln, es kommt ein Junge ohne Schuhe und ein Mädchen, das sich auf der Brücke dreht. Es kommt auch der König in Person, der ein Menuett tanzt. Das gefiel mir, ich wollte darüber nachdenken, aber Max zog an dem Buch, und Luise war auf dem Weg in die Küche. Ich hatte auch noch einen Termin, es war später als gedacht, ich musste das Auto nehmen, und der Schlüssel war nicht da.

Alles drehte sich, es gab Krankheit und Gesundheit, es kam kalte und milde Luft, aus dem dreckigen wurde ein gewaschener Hase. Es gab fettige Haare und luxuriöse Shampoos, der Fuhrmann ging auf die Brücke und der König auch. Ich musste lernen, mir nicht die eine Hälfte des Lebens wegzuwünschen. Immer wollte ich das eine ohne das andere, sah Krankheiten als Zumutungen an, war empört, wenn wir erkältet waren, und nieste wütend. Sandras Stoizismus funktionierte, gelassen schritt sie durch die kranke Familie hindurch. Alles verwandelte sich, es ging so schnell hin und her. Luise hatte sich friedlich an den großen Schrank gelehnt. Sie hatte sich das Elsa-Entchen-Buch herausgesucht. Sie konnte schon blättern, hielt das Buch routiniert vor die Nase. Ich sah, wie sich ihre Lippen leise bewegten. Aber ich sah auch, wie Max von der anderen Seite des großen Raums langsam auf sie zukam. Er wurde angezogen von ihrem Anblick, von dieser in sich ruhenden Haltung. Dort musste er hin, dieses Buch musste er haben.

Natürlich ging es nicht um das Buch, es hatte ihn, außer wenn es vorgelesen wurde, noch nie interessiert. Aber jetzt, wo Luise damit so zufrieden wirkte, war er gebannt von diesem Gegenstand. Luise wollte nichts anderes, und das reizte ihn. So wie Faust es nicht ertragen konnte, dass zwei alte Menschen mitten in seinem riesigen Land ihre Hütte, ihren Garten, die Bäume und den Ausblick haben, dachte ich. Sie sind eins mit ihrem Leben, er ist zerfressen. Sicher, der Vergleich hinkte. Max war nicht Faust und Luise war nicht steinalt. Ich dachte auch vor allem daran, um mich von ihrem Konflikt abzulenken. Während Max an «Elsa Entchen» zerrte und Luise gegenhielt, lehnte ich mich an den großen Schrank.

Besonders regt Faust sich über das Läuten der Glocke an der Kapelle auf, die zum Grundstück von Philemon und Baucis gehört. Dieses Läuten macht ihn ganz wahnsinnig, es reizt und verwundet ihn. Beide Kinder lagen auf dem Boden, Luise hatte das Buch unter sich begraben und schrie. Max lag neben ihr, brüllte auch, um sie zur Herausgabe zu zwingen. Ich hatte mir vorgenommen, nicht mitzubrüllen. Ich wollte mich nicht in ihre Kämpfe einmischen, sie sollten es lernen, Konflikte zu lösen. Sie wüteten. Luises Lautstärke war infernalisch, und als ich hochblickte, sah ich den Grund. Max hielt, selber überrascht, ein kleines Büschel ihrer Haare in der Hand. Ich nahm Luise hoch, bedauerte und tröstete sie, wischte ihre Tränen ab. Dann gab ich ihr Gummibärchen, nahm selber welche und war erleichtert, dass Sandra das notwendige Gespräch mit Max führte.

Ich fuhr zu einer Tagung. Es gab verschiedene Sektionen, sie hießen «Vergessen, Erinnern, Gedächtnis», aber auch «Körper, Geschlecht und Repräsentation» sowie «Das Fiktive, das Imaginäre und die Medien». Am Abend rief ich Sandra an, im Hintergrund waren laute undefinierbare Geräusche zu hören. Ich fragte nicht weiter nach. Sie wurden uns ähnlicher. Sie hatten nun Eigenschaften, die man kannte. Männlichkeit zum Beispiel. Das Geprotze, wenn Max die Backen dick machte, dabei herumsprühte: Backen aufpusten, auspressen, sprühen. Wenn er auf dem Rücken lag, mit beiden Händen auf den Oberschenkeln trommelte, sich umsah, wieder trommelte, als hätte er heute Vormittag Konstantinopel erobert. Wie in der Uni: «Als ich neulich auf dieser Konferenz in Seoul war und meinen Kant-Vortrag hielt» – Backen aufpusten, auspressen, sprühen. Max, der auf seinem Hochstuhl saß, umherblickte, Maximus I.: Wer grüßt, wer applaudiert, willkommen, mein Volk! Und dann der abrupte Umschwung, das große Betrübt-Sein auf dem Schoß seiner Mama, «mam-mam-mam», Jammern, das in wildes Schluchzen drehte. Maximus, auch im Leiden groß. Sein Kummer, wenn er erkältet war, sein trüber, in sich gekehrter Blick, der gleichzeitig nach Mitleid suchte.

Fieber und Freude, Kamillentee und Erdbeereis, Gesang und Geschrei, Liebe und Kampf. Es war heiß in der Straßenbahn, es war sehr heiß, die Luft stand, Hitze in die Bahn gepackt, bloß nicht bewegen. Der Raum hinter der Tür schon voll: zwei Dicke mit Kurzarmhemd, eine Alte mit Gehwagen, ein Anzugträger, der ungeduldig guckte. Man hielt sich an Griffen und Stangen fest, sah nach oben, versuchte sich nicht zu berühren. An der nächsten Station schob eine junge Frau mit einem Kinderwagen herein. In ihrem Rücken noch ein kleiner Junge. Es war heiß, es war eng. Jetzt das Grummeln, Gesicht-Verziehen, Vor-sich-hin-Erzählen: «Dann muss die eben auf die nächste Bahn warten. Wo sollen wir denn jetzt noch hin? Das sieht die doch, verdammt.» Dann laut zu der Mutter: «Am Bahnhof müssen sie aber raus, da wollen wir nämlich raus», im pfälzischen Dialekt. Der große Unmuts-Ball angestochen: gegen die Frau, den breiten Kinderwagen, die Hitze, die Straßenbahn. Gegen verschwitzte Hemden, diesen Sommertag, diese Zumutung, dieses Leben.

Dieses Leben wächst wie Zweige auseinander. Es ist eins, es sind viele. Jeder nimmt seinen Weg. Wir hatten ein Planschbecken gekauft. Ich hatte es am Morgen vor der Arbeit aufgeblasen, was allerdings ziemlich lange dauerte, Wasser eingelassen, damit es sich bis zum Baden am Nachmittag schon erwärmen konnte. Es war dann auch schön warm, aber auf der Oberfläche schwammen Blätter, Nadeln und Insekten, die abgefischt werden mussten. Max saß mit Hut im Wasser und spritzte herum. Er brauchte viel

Wasser, musste es spüren, auch im Gesicht. Er schlug mit der flachen Hand, bekam die volle Ladung über den Hut, sah erstaunt zu Sandra hinüber. Das gleiche noch einmal, er prustete. Er beugte sich über den Rand nach außen, rupfte Gras und verstreute es im Becken. Mit einem Stock begann er zu rühren, wobei er seine Mutter zu imitieren schien, die er oft in der Küche beobachtete.

Luise hatte sich nach kurzer Zeit aus dem Wasser zurückgezogen. Sie saß unter einer Sonnenblume, die spätsommerlich nach vorne gekippt war. Oben der große braune Kopf der Sonnenblume, unten der leichte weiße des Mädchens. Sie dehnte den Hals, verfolgte mit ihrem Blick einen Käfer, der am Stamm hinaufkletterte. Ihr Blick wanderte mit, ich sah ihr zu. Der Käfer hob ab, schwirrte vor ihrem Gesicht entlang. Luise zeigte ihm hinterher und sagte noch einmal laut «Da». Sie hatte es sich eigentlich schon seit Wochen abgewöhnt, und Sandra sah sie ganz gerührt an.

Während des Sommers und der Spiele der Kinder war das Gras dünn und gelb geworden. An vielen Stellen kam die Erde durch. Wenn Max besonders aktiv wurde, kamen Tropfen von ihm herüber, schöne Kühlung. Die Augustsonne schon etwas gedämpft, aber die Luft warm, feucht und satt. Luise hatte sich unter den Pflaumenbaum gesetzt und sah nachdenklich aus. Sandra schloss die Augen und öffnete sie erst wieder, als sie Luises feinen Finger bemerkte, der eine Falte ihres Gesichts entlangfuhr. So setzte sie ihre Studien fort. Die Nachbarin mit den morgendlichen Gespensterübungen fuhr auf der Straße vorbei. Sie hatte sich ein Crossbike gekauft, trug einen schwarzen Ganzkörperanzug. Max fragte nach zwei Stunden im Garten etwas unvermittelt, wo sein Hase sei.

Einer dieser langen warmen Tage. Die Sonne kam früh, drehte langsam, war immer zu sehen oder stand im Nacken. Am Nachmittag ein Streifen Schatten vorm Haus, der langsam breiter wurde. Gewitterstimmung, durch die ich am Abend fuhr, auf den Straßen wirbelte Staub, wurde ins Wagenfenster gedrückt, die Luft gelb. Starke Böen beugten noch junge Bäume am Rand. Neben der Straße Bahnschienen, aus der Oberleitung sprühten Funken. «Hol den Vorschlaghammer», sang eine Frau, die Judith Holofernes hieß. Sie meinte ihren Freund, der ein Denkmal zerstören sollte, das man den Liebenden gebaut hat. Es ist gefährlich für die Liebe, die erstarren kann, und muss gründlich demontiert werden: «Ich werd die schlechtesten Sprayer der Stadt engagieren, die solln nachts noch die Trümmer mit Parolen beschmieren.» Kräftige Vorsätze, sehr gut, und dann fing endlich der Regen an, in wenigen, sehr großen Tropfen, die wie Vogeldreck auf die Autoscheibe fielen, auseinanderspritzten. Dann das Prasseln, vom Wind gegen die Scheibe geworfen, ging in Hagel über, nichts mehr zu sehen.

In meinen Kindheitserinnerungen war ich mit meinem Vater einkaufen. Er schätzte eine saubere Vorratshaltung, wir hatten immer fünf Zahncremetuben und drei Gläser Erdbeermarmelade im Keller.

Da das also zur Kindheit gehörte, ging ich auch manchmal mit Max und Luise einkaufen, und sie ließen sich davon überzeugen, dass es ein wichtiges Vergnügen war. Einer saß im Kindersitz des Wagens, eine hockte im Wagen selber, versuchte das Toastpaket zu öffnen, einige Scheiben herauszubefördern und dem anderen nach oben zu reichen. Ich musste lernen, mit dem Wagen einen Mindestabstand von den Regalen zu halten, in der Gangmitte zu fahren, damit sie nichts herausziehen konnten. Eine ganze Reihe Sahnebecher zum Beispiel. Es passierte zwar nicht, aber ich sah die Szene deutlich vor mir. Man müsste zur Kassiererin gehen und um ein Wischtuch bitten, während es vor dem Sahnesee einen Stau gab.

Im Drogeriemarkt brachte ich sie in ein Kinder-Plastik-Haus, um in Ruhe Breie, Kekse, Putzmittel und den wöchentlichen Windelkarton zu besorgen. Als ich zurückkam und in das Haus sah, hatte Max in einer Ecke einen Turm aus Feuchttuchpaketen errichtet, die er aus dem angrenzenden Regal Stück für Stück dorthin transportiert haben musste. Ich sortierte sie zurück, wollte etwas sagen, aber meine Mandeln waren geschwollen, ich sagte nichts. Es gibt eine komische Stelle in Ernst Jüngers «Stahlgewittern», wo Jünger geschwollene Mandeln bemerkt, gleich in Unruhe gerät, weil er eine herannahende gefährliche Krankheit befürchtet. Dann beginnt die Schlacht mit Nahkampf, Granatenbeschuss, Feuerhagel, Qualm und allem. Mitten drin bemerkt er zufrieden, dass dieses Dampfbad eine

Heilung der Mandeln bewirkt hatte. Männliche Besorgtheit um die eigene Gesundheit, ins Absurde gesteigert. Aber mit dieser Einstellung kann man über hundert werden. Wir fuhren jetzt zur Kasse, wo mich die immer gleiche Kassiererin jeden Samstag fragte, ob ich im Besitz einer Pay-Back-Karte sei, was ich freundlich verneinte.

10.

Ernüchterung in Kaltenkirchen. Früher war Urlaub doch etwas anderes. Haben sie noch Rosendünger? Eine einzige Sonnenblume in einem großen Rübenfeld. Ich glaube auch, dass Kinder heilende Kräfte besitzen.

Ist das Montepulciano? Nein, es ist Kaltenkirchen. Ist das die Ebene von Spoleto? Nein, es sind Rübenfelder von riesigem Ausmaß. Strömt der Geruch von Lavendel ins Fenster? Oh nein, sie haben schon wieder gedüngt. Wir fuhren im Sommer aufs Land. Da standen wir auf dem Schwiegereltern-Balkon und starrten auf das zwei Meter entfernte Nachbarhaus, wo plötzlich ein Schulfreund von Sandra auftauchte. Sie erkannte ihn zuerst nicht, er trug eine Marineuniform, war sehr kräftig und erschien in dem weißen Anzug noch mächtiger. Von gegenüber winkte er uns, wir waren gefangen, konnten nicht weg, er war erfreut, wir sollten rüberkommen. Ich sah zum grauen weiten Himmel hoch, dort stand in schwarzer Schrift ein Wort geschrieben: «Schicksal». Einmal hatte uns ein junger Vater eine Postkarte geschickt: «Früher war Urlaub doch etwas anderes», und nun musste ich zustimmen. Aber auch ich war ein anderer, hatte grau durchwirkte Haare. Wenn ich den Kopf zur Seite drehte, war sie im Spiegel deutlich zu erkennen, die Farbe des Esels. Nun stand ich sprachlos hinter einem Balkongitter und starrte einen Offizier an, der an meinem Verstand zweifeln musste.

Wir besuchten eine Schulfreundin von Sandra, deren Eltern einen Hof besaßen und die deshalb schon mit 16 Trecker fahren durfte. Sie konnte die anderen zum Geburtstag mit dem Trecker abholen. Nun hatte sie einen Teil des Grundstücks für sich und ihren Mann abgezweigt. Sie hatten den ehemaligen Schweinestall abreißen lassen, aber aus den Seitenmauern zwei Stelenreihen gewonnen. Das war der Eingangsbereich oder die Vorhalle, denn darüber waren Bögen aus Aluminium gespannt, an denen Glyzinien rankten. Wir spazierten mit Max und Luise an der Hand auf die in der Ferne erkennbare Haustür zu.

Neben der Haustür lehnten einige Amphoren, manche zerschlagen. Die Freundin begrüßte uns mit kräftig-fröhlichem Lachen und gerstenblondem Haar. Der Begrüßungsraum war gewölbt, in der Wölbung befand sich ein Sternenhimmel aus Halogenleuchten, den sie ein- und ausschaltete. In den Räumen, durch die wir gingen, standen Zitronen- und Orangenbäume auf toskanischem Terrakotta-Boden; im Schlafzimmer hingen große Pinienphotos; in der Küche stand ein Eis-Chrusher. Wir bekamen Orangensaft mit Eis, obwohl wir uns im Haus gerade erst von den norddeutschen Winden erholt hatten. Die Freundin nannte Sandra immer «Kirsche», wie sie offenbar in der 8. Klasse genannt worden war, und ich war erleichtert, als wir auf die Terrasse beziehungsweise in einen Steinkreis traten. Von der Wiese kamen Pferde angetrabt, ich ging mit Max und Luise gleich zu ihnen. Es war ein Vorteil bei manchen sozialen Gelegenheiten, dass man sich mit den Kindern absondern konnte, ohne als problematische Erscheinung zu gelten.

Ich wollte nach Italien, ich wollte auf heißen Steinstufen sitzen, ich wollte Eis essen, das es nur in Florenz gab, ich wollte die ‹Auferstehung› von Piero della Francesca sehen. An Sansepolcro waren wir immer nur vorbeigefahren, hatten uns den Ort aufgespart. Wir wollten das Bild später anschauen, aber wann war nun später? Der Auferstandene ist aus dem Sarg gestiegen, er hat das eine Bein auf den Rand gestellt, die Hand aufs Knie gelegt. Er hält die Siegesfahne, vor ihm die Wächter schlafend zusammengesunken, so matt, wie es nur geht, aber ganz friedlich. Gelassen lässt das Leben den Tod hinter sich. Vor einem wunderbar braunen italienischem Zauberwald. Der Himmel wird von Zweigen gerahmt, in der Mitte ist er hell und durchsichtig.

Ich sah es vor mir, während ich einem Pferd mit kurzen Beinen und langen Haaren eine Mohrrübe ins Maul schob. Neben dem Anwesen lag ein See, grün überzogen, verschilft, wahrscheinlich wohnten dort jede Menge Schlangen. Luise bekam Bauchweh, sie hatte den Eissaft hinuntergestürzt. Wir gingen ins Haus und legten sie auf einen Teppich. Sandras Freundin erzählte von Schulfreundinnen, deren Männer weggelaufen waren. Dann kam ihr Mann nach Hause. Er entzündete den Ofen, damit wir ihn besichtigen konnten. Er war groß, schwarz und qualmte, aber immerhin wurde es warm. Es kam auch noch der ältere Bruder vorbei, der sich bei Sandra entschuldigte, weil er sie als Fünfzehnjährige einmal in Verlegenheit gebracht hatte. Er hatte sie als «junge Dame» bezeichnet, worauf sie stark errötete, was ihm noch heute sehr unangenehm sei. Ich sah aus dem Fenster, ein großer Regenbogen spannte sich über das flache Wiesenland, Luise sagte «nach Hause.»

Dort war es hilfreich, Max und Luise zu trennen, denn ansonsten brachen Konkurrenzkämpfe aus. Max konnte mit leichter Hilfe, seiner Meinung nach: allein, die Kellertreppe hinuntergehen, wobei er einen triumphierenden Blick aufsetzte und demonstrativ schnaufte. Luise hatte vor dem Kellerloch Angst, stand zögernd davor, sah hinunter. Sie musste mit eigenen Mitteln kontern. So blätterte sie, wenn er neben ihr saß, langsam und genüsslich ein Bilderbuch mit nun schon dünnen Seiten um. Denn seine Fingerfertigkeit war nicht so prächtig entwickelt, und ohnehin war er der Meinung, dass Erwachsene blättern und vorlesen sollten. Stärken und Spezialgebiete des anderen stellten ein Problem dar. Man konnte versuchen, nachzuziehen, würde aber wahrscheinlich nie ganz aufschließen. So konnte Max blendend unter ein Sofa kriechen, um von dort Gegenstände wiederzuholen. Er bewegte sich wie eine Schlange, und als Luise es auch einmal versuchte, obwohl es ihr zuwider war, steckte sie jämmerlich fest, quiekte und musste gerettet werden.

Sie beobachteten sich und äugten herüber: Wer wird wofür gelobt? Was kann sie schon? Was bekommt er gerade? Luise fasste Max zwar über den Kopf, wenn wir sagten, dass er Fieber hatte. Als er morgens im Bett bleiben musste, sah sie beim Frühstück immer auf seinen leeren Stuhl. Also ist Mitleid in der Natur. Aber sie nutzte seine Schwäche auch aus, um den ganzen Nachmittag Spielsachen zu erbeuten. Völlig ungerührt vom Anblick seines durch Fieber und Heulen dunkelroten Kopfes, schnappte sie sich einen Gegenstand nach dem anderen, verschwand damit. Sie war schneller und stärker, das galt es zu nutzen. Also ist Grausamkeit in der Natur. Wenn man das Gute ermuntert und das Schlechte unter dem Deckel hält, ist das schon viel, dachte ich.

Er bearbeitete einen Gummi-Stachel-Ball, den wir von der Kaltenkirchener Sparkasse bekommen hatten. Immer wieder versuchte er die Stacheln nach innen zu drücken, was angesichts der Dicke des Gummis nicht gelingen konnte: Vergeblichkeit unseres Tuns. Im örtlichen Spielwarengeschäft hatten wir wegen des vielen Regens ein erstes Puzzle erworben. Es bestand aus sehr großen und dicken Teilen, die zusammengesetzt eine erhebliche Fläche bedeckten; das Zimmer war gepflastert, als das Puzzle fertig war, und für uns war nur am Rand vor der Heizung noch Platz. Sie spielten auch mit Murmeln, die wir mit einem Kochlöffel unter dem Schrank herausfingerten. Max ging mit seinem Opa in den Keller, wurde in die Welt der Werkzeuge und des Handwerks eingeführt. Ich hörte seine helle

Stimme, von dunklen Hammerschlägen unterbrochen.

Leider fing ich auch gelegentlich wieder an, herumzubrüllen, obwohl ich schon so ausgeglichen gewesen war, es mir doch ganz vernünftig ging, wie die Schwägerin feststellte. Es waren keine großen Anlässe, aber es brach heraus wie eine Schlammfontäne aus einem ruhig liegenden See. Es stach wie ein Feuerstrahl aus einem Grill, mit Spiritus übergossen. Es war eine völlig unverhältnismäßige Wut, vor allem dann, wenn die Kinder sich stritten. Ich brüllte so, dass ich gar nicht mehr verstand, was ich brüllte. Die Wohnung bebte, der Schall kam von den Wänden zurück. Es verschwand so schnell, wie es gekommen war. Es war mir auch unangenehm, ich tat Max und Luise gegenüber so, als sei nichts gewesen. Trotzdem kam Sandra herein, die einkaufen fahren wollte, aber mir nun den Zettel in die Hand drückte, mich verabschiedete.

Im Drogeriemarkt. Ich stand ratlos vor einem mehrere Meter langen Regal mit Babynahrung, die anders geordnet war als im heimischen Geschäft. Dort wusste ich alles, dort nickte ich Miteinkäufern zu, hier war alles fremd, grüßte mich niemand, schob man mich mit dem Einkaufswagen zur Seite. Auf dem Zettel sehr genaue Angaben. Es sollten Gemüsegerichte, Obstbreie und Müslis jeweils verschiedener Marken erworben werden, so dass ich mich nicht auf einen Hersteller konzentrieren konnte, was die Sache erleichtert hätte. Außerdem war das Licht in diesem Geschäft grell. Als ich am Anfang nur suchte, aber nichts fand, öffnete ich die Regenjacke. Ich hatte plötzlich Angst, gar keins der Gläser zu bekommen. Ich würde immer nur weiter die Reihen anstarren, aber mein Blick würde abgleiten, sich verlieren. Ich dachte an mein Johanniskraut. Dann entdeckte ich das erste Glas. Es gab einen kleinen Hüpfer in mir, und nun kam ich auch in Schwung, fand hintereinander alles, hatte einen Lauf, wie sie in der Sportschau immer sagen: Ja, «zartes Gartengemüse», ja, «Kürbis mit Reis und Huhn», da, «Karotte mit Kartoffeln». Dazu «Bircher-Müsli» sowie «Birne fein», «Heidelbeere» und «Pfirsich», yes. Das alles in Sechser-Paletten, die ich auf dem Boden des Wagens zunächst verstaute, dann stapelte. «Haben Sie noch Rosendünger?», fragte mich eine kleine Frau mit kurzem Grauhaarschnitt von der Seite. «Ach, Entschuldigung, ich habe sie für einen Verkäufer gehalten.»

Manchmal versuchte ich, mit einer Arbeit voranzukommen. Mit einem Sonett, an dem etwas nicht stimmte. Der erste Vers hatte nicht das Tempo, das er brauchte, zog noch nicht. In den Terzetten hakte der Satzbau, musste umgebaut werden. Ich hielt das Blatt, als Luise sich neben mich setzte und auf die Schrift starrte. Ihr Blick war kritisch. Natürlich kann man etwas gegen das Schreiben von Sonetten im frühen 21. Jahrhundert haben. Ich wusste das auch. Luise brauchte keine strenge, feste Form, sie wollte Freiheit. Sie hatte am Anfang in den Armen Widerstand geleistet, sich gewunden, gedreht und wollte aus unseren Vorschriften heraus. Sie lernte schnell, wusste, was gut für sie war. Ich saß da mit einem

Sonett, folgte den alten Regeln. Die waren für mich eine Befreiung. Oh Himmel, ich argumentierte schon wie der Papst.

Luise wurde von ihrer Oma zu einer Malstunde abgeholt. Dabei strengte sie sich jedes Mal so an, dass sie schwitzte. Ich ging hinaus. Es war aufgerissen, die Wolken verschwanden, die Luft nach dem Regen klar. An solchen Sommerabenden im Norden bleibt der Himmel lange hell. Wenn es um die Füße schon dunkelt, ist oben immer noch Licht. Ich ging an den großen Familienhäusern vorbei, nahm einen kleinen Sandweg, der zwischen zwei Hecken lief. Kam an den Rand der Wiesen. Auf der rechten Seite ein Bach, helle Kiesel am Grund, auf der linken eine hohe Baumreihe. Ein großer Feldstein, der im Schatten lag, ganz von dunklem Moos überwachsen. Wieder abbiegen, an einem Knick entlang. Die Bäume heruntergeschnitten, schlugen mit jungen, hellgrauen Ästen wieder aus, dicht gedrängt. Ich hatte kein Ziel, die feuchte Abendluft war warm. Ich war schnell losgegangen, wurde nun langsamer.

Dann vor einem riesigen Feld, ausgebreitet, so weit man sehen konnte. Es zog sich einen angrenzenden Hügel hinauf, in der Mitte eine Senke. Es war ein Rübenfeld, niedriger grüner Bewuchs, dazwischen braune Erde. Aber in der Mitte stand eine einzige Sonnenblume. Sie stand hoch aufgereckt, ein paar Blätter am Stamm, mit kräftigem Kopf. Das volle Gelb leuchtete im Abend noch. Was hatte sie dort zu suchen, wie kam sie dahin? Rübe um Rübe, endlos-flaches Kraut, das herunterhing, und dann diese eine schlanke Blume. Vielleicht hatte ein Vogel beim Überflug den Samen fallen lassen, aus dem sie gewachsen war? Ein dunkler Vogel, der mit weitem Flügelschlag über das Feld flog, langsam und gelassen. An einem solchen Abend wie heute auf dem Nachhauseflug in der stillen, schon etwas kühlen Luft. Dabei fiel der Samen aus dem Schnabel. Aus ihm war die Sonnenblume gewachsen, die ich jetzt erstaunt ansah.

Ja, ich musste an Dich denken, es war ein heißer und langer Sommer, in dem wir uns kennenlernten. Da kamen die Zikaden bis in den Norden, waren die ganze Nacht zu hören, da wuchsen Sonnenblumen an Stellen, wo sie noch nie gestanden hatten. So hoch und so sanft gebogen warst Du auch, und die sonstige Welt schrumpfte zu einer bräunlichen Ebene zusammen, ohne große Unterschiede, Rübenwelt. Nur dazu da, damit Du schon von weitem zu erkennen warst mit diesem fast weißen Haar. Es war so erstaunlich hell, dass Leute in der Mensa ankamen und sagten, sie hätten gewettet, ob die Farbe echt sei. Aber sie war echt, ich wusste es, wie alles andere auch, und leuchtete über den Rest des Wegs, und als ich auf dem Fahrrad näher kam, sah ich den grün-blauen Dress aus kurzem Rock und T-Shirt. Darauf waren Ranken oder Schlingpflanzen zu sehen, die Kurven zogen, sich wanden und bogen. Denen folgte ich bis dahin, wo sie in weiße Haut übergingen. Leicht zerschlissen war dieser Dress, wie ich sah, wenn Du vorm Fenster standst und Licht hindurchfallen konnte. Helles Grün und Wasserblau, das waren die Farben, es war eine Wasserwelt, die sich hob und senkte.

Später lagen wir auf einem alten grünen Teppich, hatten die Fensterreihe geöffnet, die Sonne schien hinein. Wir lagen auf Kissen verteilt, und Du meintest, die Wände in diesem Haus seien zu dünn, aber ich fand sie in Ordnung. Wir gingen nirgends hin, und wenn Du telefoniertest, hörte ich den seltsamen Vogelstimmen im Innenhof zu oder sah mir in Ruhe deine langen weißen Beine an. Wir liefen durch den Wald, strichen die Wände neu, und als wir fertig waren, kaufte ich Erdbeeren. Wir hatten noch Sekt und Wein, schütteten die Erdbeeren dazu, tranken aus alten Bowlegläsern. Im bauchigen Glas weiße Linien, der Boden und der Henkel dunkelgrün, wir zogen die Erdbeeren hoch. Das alles fiel mir ein, als ich die Sonnenblume auf dem großen Feld sah, und lebte für diesen Moment wieder in dem Gefühl, vollkommen ferngesteuert zu sein, euphorisch und erschöpft, dann wieder gespannt wie ein guter, glatter Bauch, den ich immer vor mir sah. So ging ich über die Feldwege zurück.

Gleich am nächsten Morgen wieder los, diesmal mit dem Auto in Richtung Meer. Ein Stück entfernt hielt ich an, ging zu Fuß weiter. Feiner Staub hing in der Luft. Ein trockener Augusttag, die Felder früh gemäht. Nur Stoppeln standen noch, frisch abgesäbelt, wie an den Kanten zu sehen, und Halme lagen überall verstreut. Ich ging einen schmalen Weg am Feldrand, der langsam anstieg. Am Weg wuchs Kamille, man roch es und man sah es dann. Ihr Geruch war schon vermischt mit der kühlen Luft, die vom Meer kam. Weiter über einen Hügel, dahinter ein riesiges Feld: gelb, sonnengelb, hellbraun. Nichts anderes zu sehen, nur dieses Gelb, über die Hügel gespannt. Am Horizont traf es auf Blau, ein etwas dunstiges Blau. Die Farben lagen aufeinander, Weizen gegen die Himmelskante. Ich kam an die Steilküste, unten das Wasser. Es war ein schönes Küstenstück, die Sandlinie kurvte in das Land und kam wieder hervor. Bis weit ins Meer hinein sah man den Sandgrund. Die Wellenbewegung hatte Wülste geformt. Draußen war das Meer ruhig und glatt gestrichen. Die Luft so klar, dass man die Linie einer weit entfernten Insel sehen konnte. Jetzt am Morgen fuhr nur ein einziges Schiff hinaus, die Spur auf der Wasserhaut lange zu sehen.

Am Nachmittag mit Luise auf dem Rasen. Ich hatte ein paar Federn vom Strand mitgebracht, und damit spielte sie. Nach dem Mittag war Wind aufgekommen, sie hielt die Feder hoch, ließ sie los und sah zu, wohin der Wind sie trieb. Wenn die Feder zu weit flog oder in einer Buschreihe hängen blieb, musste ich sie holen, ansonsten wackelte Luise selber hinterher. Sie hielt sie mit den Fingerspitzen, so hoch sie konnte, und das war noch nicht sehr hoch. Manchmal trudelte sie direkt zu Boden, manchmal wurde sie aufgewirbelt.

Ich dachte daran, wie vieles schon geschafft war. Sandra hatte ihren rosa Flauschmantel weggeworfen und einen schwarzen Morgenumhang angeschafft. Ich sah nur noch selten Videotext, wir konnten das Radio wieder verstehen und mussten keinen Brei mehr von Stühlen hacken. Alle Zähne waren da, und Max war kein Pessimist mehr. Den Kinderwagen hatten wir zwar mitgenommen, aber er stand unter dem Vordach herum. Wir hatten uns mehrere Wochen nicht übergeben. Luise mochte nicht mehr auf der Schulter sitzen, hatte Angst, die sie vorher nicht kannte. Nur noch in Abständen übernachtete ich auf einer Matte vor Max' Bett. Die Zeit lief wieder schneller. Dann schrie Luise. Die Feder war in der großen Kletterrose hängen geblieben, sie hatte hineingefasst. Drei große Blutstropfen kamen aus ihrer Hand. Sie starrte sie entsetzt an, dunkle Perlen, die aus der weißen Haut hervortraten.

Mit einem Taschentuch umwickelte ich die Hand, versuchte die am ganzen Leib zitternde Luise zu beruhigen. Sie jammerte, weinte, und wenn Kleinkinder weinen, fallen sie in ihre Anfänge zurück. Dann ist alle Vernunft und Kontrolle verschwunden, dann sind sie nur noch ein erschüttertes, die Augen zupressendes Bündel, ein entsetztes Baby, das nichts mehr weiß, nichts mehr hört, ganz aus Schluchzen besteht. Davon angelockt, erschien Max im Garten. Er hatte bei der Rückkehr aus dem Baumarkt seinen Hasen nicht vorgefunden, und nun waren alle neu erworbenen Schlauchaufsätze, die er mit seinem Opa für Wasserspiele eingekauft hatte, gleichgültig: Er brauchte sein Tier. Es war nicht mehr das erste Hasenexemplar, denn dieses hatte sich im Zuge der Liebkosungen, Bearbeitungen und mehrerer 30-Grad-Wäschen aufgelöst. Wir hatten aber glücklicherweise einen zweiten identischen Hasen bekommen, und während wir uns vor dem Austausch fürchteten, entdeckte Max in der Einkaufstüte das neue Tier, zog es strahlend heraus und ließ den alten auf dem Boden liegen. Sandra machte ein paar spöttische Bemerkungen über männliche Treue, eine Freundin, die zu Besuch war, hatte vom emotionslosen Hasenwechsel gesprochen.

Aber nun war eben dieser neue Hase verschwunden. Max reagierte bei solchen Anlässen mit stiller Melancholie, sah leidend in sich hinein, steigerte sich, bis der Schmerz der ganzen Welt auf seinem blonden Haupt lag. Ich bot ihm den Maulwurf an, der im Garten lag und zu jenen drei Tieren gehörte, mit denen er im Bett lag, die er umklammerte, wenn wir ihn nach seinem Mittagsschlaf heraushoben. Aber es nützte nichts, denn der Hase hatte eine Sonderstellung, die nicht zu ersetzen war, und wir mussten ihn suchen, denn Max wiederholte immer nur leise, manchmal unverständlich gebrochen: «Hase». Im Kinderkoffer, wo ich ihn schon einige Male gefunden hatte, war er nicht, aber auch andere Plätze mit Erfolgschancen waren leer. Ich ging zweimal durch alle Räume, sah hinter den Türen nach, öffnete die Waschmaschine, kniete mich auf den Boden, um die tieferen Regionen des Hauses zu untersuchen. Als ich ihn schließlich fand, freute ich mich, ihn wiederzusehen mit seinem roten, auch schon wieder angenagten Oberteil: Er lag unter einer Wolldecke, mit der Max ihn zugedeckt hatte, um es dann zu vergessen. Luise hatte sich inzwischen auch wieder beruhigt und zeigte Max ihre Einstiche, tippte mit wichtigem Blick auf die dunklen Punkte.

Wir spielten noch eine Weile, wobei sie hinter einem großen Schrank verschwanden, um strahlend auf der anderen Seite zu erscheinen. Dabei hatten sie das sichere Gefühl, dass es für mich ein großes Glück sein musste, sie wiederzusehen, und das auch bei der neunten Wiederholung. Triumphierend und erwartungsvoll lugten sie um die Ecke. Ich freute mich tatsächlich, so wie ich mich am Morgen gefreut hatte, als ich draußen stand und Sandra mit einem Schwung die dunklen Fensterläden aufstieß: Es ist das Erscheinen, man bemerkt, dass etwas nicht immer da ist, sieht es neu. Helle Augen, es lächelt.

Kinder können alte Frauen, die den bösen Blick haben, besänftigen, indem sie ihnen Spiele beibringen. Sie lassen die Missgunst ins Leere laufen. Der ewige Selbstdarsteller hält den Mund, ist ihr Pferd, transportiert sie durch die Wohnung. Der jähzornige Mann sitzt auf dem Boden und wirft für sie den Brummkreisel an. Ich war polemisch, aufbrausend, verletzend. Es ist nicht verschwunden, aber es ist besser geworden. Sie verändern ein Haus. Das sinnlose Gerede hört auf, der sinnlose Fernseher wird ausgestellt. Man schämt sich leicht vor ihnen. Die Glätte der Haut am Anfang ist kein Zufall. Weshalb ich mich wirklich freute, sie wiederzusehen, die verschwunden waren, gar nicht mehr zu sehen, so dass man schon laut und fragend «Max und Luise?» rufen musste.

11.

Ein neues Dach, klong. Deutsche Wehmut und westliche Mitmachlieder. Bi-Ba-Butzemänner, die sich austoben müssen. It's the end of the world as we knew it and I feel fine. Eine Himmelsscheibe, 3600 Jahre alt.

Als wir am Ende des Sommers zurückkamen, hörten wir ein mehrstimmiges Hämmern. Am Haus gegenüber wurde der Dachstuhl neu gebaut, die Balken vernagelt, Klopfen und Schlagen. Ich hob Max auf die Fensterbank, stellte mich hinter ihn, wir sahen den Dachdeckern in ihren roten und grauen Pullovern zu. Sie knieten, standen, stiegen hinauf, kurze Hammerschläge. Wie sie turnten, schwindelfrei, auf Balken und Latten. Grünes Holz, das dichter wurde, Streben, die zusammenwuchsen. Es war wie ein Ballett, Ballett der Dachdecker, die sicher am First standen, an der Kante hockten. Dazu das Hammerorchester, im Wechsel kurz und lang, hoch, kling, oder tief, klong. Bevor es Häuser gab, gab es Dächer, die man auf Erdlöcher legte, gegen Regen, Kälte und Angst. An einer Ecke wurden schon Ziegel angebracht, gingen von Hand zu Hand, wurden gereicht, gefasst, eingehängt. Gut, wie das Dach wuchs, wie die Arbeiter thronten, hantierten, harmonierten. Ziegellicht: wenn die dicken Nachmittagswolken, so weiße Pakete, auseinandergingen, die neuen Ziegel in der Sonne aufstrahlten, dunkles Orange. Eine

Motorsäge wurde angerissen, und das gefiel Max am besten. Ich hatte Mühe, ihn von der Fensterbank wieder hinunterzubekommen.

Ich stellte ihm einen Schuhkarton mit kleinen Plastiktieren hin. Da er seine Spielsachen mehrere Wochen nicht gesehen hatte, waren sie im Wert gestiegen. Er ließ sich ablenken, griff Tiere, die er an verschiedenen Plätzen der Wohnung aufstellte. Dabei ergaben sich seltsame Kombinationen wie Eisbär und Känguru. Friedlich standen Löwe und Schaf nebeneinander. Die Hasen bekamen einen Zaun aus Bauklötzen. Noch mitten in der Arbeit fand er eine Haarbürste auf dem Fußboden. Wahrscheinlich war sie beim Auspacken aus einer Tasche gefallen. Er drehte und wendete sie, befühlte die Borsten. Er versuchte sich selbst zu bürsten, verfehlte dabei den Kopf und bürstete stattdessen sein Ohr. Dann zog er einmal lang über das Haar, bis es ihm glatt in die Augen hing.

Als Kind war ich von meinem Vater jeden Abend gründlich gebürstet worden. Er wollte mich damit vor dem frühen Haarausfall bewahren, den er erlebt hatte. Im Krieg hatte er sogar Zigarettenrationen gegen Haarwasser eingetauscht, weil er hoffte, dass es ihm helfen könnte. Mit diesem Tauschangebot hatte er natürlich Partner gefunden. Ich saß auf einem Hocker im Bad, er bürstete zügig, mit raschem Hin und Her. Manchmal kam die Holzseite der Bürste gegen den Kopf. Das passierte in Abständen, ich wartete schon darauf, Proteste nützten nichts. Er ließ sich davon nicht stören, bearbeitete weiter den Kopf. Es war ein leichter Schlag, der mir jetzt einfiel, den ich wieder fühlte. Er kam mir sanft, fast angenehm vor, entstammte ja dem Versuch, durch intensives Bürsten meinen Haarwuchs zu erhalten. Was auch einigermaßen erfolgreich war. Zwar begannen schon mit zwanzig die Haarecken in die Höhe zu wandern, aber seitdem ist nicht mehr so viel passiert.

Auch Max schien nachzudenken, als er dort auf dem Boden saß, erst die Bürste betrachtete und dann in irgendeine Ferne blickte. So guckte er auch manchmal, wenn er beim Heruntergehen auf der Wendeltreppe stehenblieb. Dann sah er zu den Bäumen hinauf, in den Himmel, folgte den Wolken und hatte tiefe Gedanken. Man hörte ihn seufzen, auch wenn er gar nicht seufzte. Hinter ihm stand ungeduldig Luise, die nicht weiterkam, drängelte, mit der Faust in seinen Rücken bohrte. Sie hatte unten zu tun, es gab Aufgaben, die sie schon im Blick hatte. Auf dem Weg stand ihre Plastikschubkarre, darin das gestern von einer Mauer abgekratzte Moos. Das musste heute im Garten verarbeitet werden. Man sah ihr an, dass sie im Kopf verschiedene Verarbeitungsmöglichkeiten durchspielte.

Sie waren Zwillinge, waren seit dem ersten Tag zusammen, liefen umeinander herum, berührten sich hundertmal; sie waren verschieden, gingen eigene Wege, hatten ihre Standpunkte und Überzeugungen. Als sie getauft wurden, hatte das gesamte Fest Luise sehr gefallen. In der Kirche hatten ihre Cousinen, die hinter ihr saßen, sie immer wieder angetippt; sie hatte sich umgedreht und dabei durch die Bankreihen gespäht. Wen kannte man? Später ließ sie sich von Arm zu Arm reichen, freute sich am Lärm und Trubel in der Wohnung und ging mit den anderen auf den Spielplatz. Dort mit größeren Kindern aufzukreuzen, war ein soziales Glück ohnegleichen. Max hatte in der Kirche die Orgel angestarrt und sich vor ihr gefürchtet. Er hatte möglichst bewegungslos auf Sandras Schoß gesessen. Als wir am Taufbecken standen und der Pastor ihn nur sehr vorsichtig beträufelte, versuchte er in ihre Jacke zu gelangen. Er trug einen braunen Cordanzug und eine passende Schirmmütze. Es war ihm zu warm, wenn jemand ihn ansprach, drehte er den Kopf zur Seite. Alle sollten wieder gehen, und als sie endlich gegangen waren, atmete er frei, lief durch die Wohnung vor Glück, konnte den Mund wieder öffnen, sagte «Lulu» und wollte umgehend mit ihr einen Riesenbauernhof puzzlen, während sie enttäuscht auf dem Fußboden saß und einen Luftballon in den Händen hielt.

Ich rezensierte ein Lexikon mit 700 Seiten. Schrieb wieder jeden Tag 20 Mails. Las jeden Tag eine Examensarbeit. Stellte Fragen und bekam Antworten. Lief den Gang auf und ab. Entleerte das Postfach. Trug irgendwelche Termine an irgendwelchen Tagen ein. Ein Mann mit einem Handwagen brachte 5000 Seiten Druckerpapier. Wir standen am Rand einer hohen Wiese. Luise ging hinein, um sich die Angelegenheit gründlich anzusehen. Max und ich blieben am Rand stehen, sahen ihr hinterher. Sie begann Gräser und Blumen zu pflücken, wobei sie manche mit der Wurzel herauszog, von anderen nur die Blüten in der Hand hielt. In kurzer Zeit hatte sie, zielgerichtet und mit energischen Rupf- und Reißbewegungen, einen Blumenstrauß gesammelt, den sie mit der Hand zusammenpresste. Ihrer Bewegung durch die Wiese konnten wir gut folgen, denn sie trug ein hellblau-weißes Argentinien-Trikot, das sie von einer ihrer Cousinen bekommen hatte. Der war es zu klein geworden, Luise reichte es bis über die Knie, aber das Geschenk wollte sie unbedingt tragen. Warum eigentlich Argentinien? Zur Weltmeisterschaft 1978 in Argentinien hatte ich ein Album mit Fußballbildern gesammelt. Es war ganz voll geworden, auch wenn der Einband vom vielen Herumtragen am Ende auseinanderfiel. Darin waren alle Spieler und auch die Namen der Spielstädte und der Stadien verzeichnet, an die ich mich zu erinnern versuchte. Cordoba weiß jeder, aber mir fiel auch Mar del Plata ein und eine Stadt, die ähnlich wie Romario klingt: Rosario. Max dachte auch nach, hatte die Hand auf mein Knie gelegt, ich hockte. Luise war ganz in ihre Aufgabe vertieft. Erst als sie mit ihrem Werk fertig war, sah sie zu uns hoch, lächelte und kam herüber.

So sah ich den Kindern nun schon zu, trat zurück. Sie brauchten uns nicht mehr ständig, verlangten nicht immer nach uns. Einer von uns kam allein mit ihnen zurecht. Sandra konnte ins Theater gehen, ich bestritt das Abendprogramm allein. Wollte singen, aber sie brabbelten laut herum. Ich hatte wenig Übung und versuchte mit starker Akzentuierung das

Lied erst einmal in Schwung zu bringen. Vielleicht war es zu laut, vielleicht klang es etwas militärisch, denn Max und Luise sahen erstaunt durch die Holzstäbe der Betten. Aber nach der zweiten oder dritten Strophe stimmte der Rhythmus, nur die Tonhöhen flogen umher. In der Schule hatten wir eine schreckliche alte Musiklehrerin, bei der wir immer kleine Notentests schreiben mussten. Sie ging durch den Raum, trällerte ein paar Töne und wir sollten die Noten notieren. Wenn ich nicht abgucken konnte, hatte ich verloren. Fast immer bekam ich eine vier, aber eher mit Rücksicht auf die Eltern. Wie gut, dass manche Dinge im Leben vorbeigehen und man nie mehr kleine Notentests schreiben muss. Stattdessen lag ich jetzt in einem Kinderzimmer auf dem Teppich, sang kräftig, und ein kleiner Junge lächelte mir aus seinem Bett aufmunternd zu.

«Es trauern Berg und Tal, wo ich vieltausendmal bin drüber gegangen.» Sandra hatte dieses Lied im Repertoire, ich sang es jetzt nach. Diese alten deutschen Lieder, die mit Wehmut einlullen, waren wertvoll. Ich stellte mir ein Wiesental vor, eine große Eiche mit knorrigen Wurzeln. Der Jüngling klagte: «Das hat deine Schönheit gemacht, die hat mich zum Lieben gebracht.» Schleppend ging seine Klage, die sich steigerte, ich sang mit Inbrunst: «Die Mädchen in der Welt sind falscher als das Geld mit ihrem Lieben». Vielleicht war das etwas allgemein ausgedrückt, aber es war schön, und der arme Wanderer musste nun scheiden, sich zur Nacht verabschieden: «Nun wird der Schluss gemacht». Ach, es ist gut, dass Max und Luise noch dieses alte Deutschland im Ohr haben werden, das es nur noch in Liedern gibt.

Denn wir haben eine australische Freundin, die praktische Mitmach-Lieder vorsingt, in denen eine Spinne die Wand hochkrabbelt. Das Lied klingt so wie der Gang der Spinne, und dazu bewegt man die Finger. Gut gelaunt ist die Spinne natürlich, scheint fast zu hüpfen, die Wand hoch, so weit sie kann. Eine grundlose Trauer, knorrige Wurzeln, Wehmut: Das kennt sie nicht. Wenn Finlay, der Sohn, am Abend einschlafen will, blättert er noch in seinen Spinnen-Büchern herum und ruft dann laut und knapp durch die Wohnung: «Light off.» Seine Mutter kommt, nach drei Sekunden schläft er fest und bis zum Morgen durch. Ich war immer für die Westbindung Deutschlands, aber nun bin ich froh, dass wir unsere traurigen Lieder, unsere Reime und die tränenblinde Seligkeit noch haben: «Das hat deine Schönheit gemacht, die hat mich zum Lieben gebracht.» Ich stellte das Licht der orangenfarbenen Nachtlampe so ein, dass es nicht zu hell war, die Lampe nicht zu heiß. Denn nun schrien sie in der Nacht zwar selten auf, aber dafür konnten sie das Bett verlassen. Ich sah mich noch einmal um. Luise lag ruhig auf dem Rücken und sah an die Decke, während Max sich mit dem Schlafsack drehte. Seine innere Unruhe, die wir kannten, Gedanken, mit denen er nicht fertig wurde, wer wusste das. Wahrscheinlich würde wieder einer von uns auf dem Fußboden vor seinem Bett sitzen oder liegen. Aber erst einmal zog ich die Tür leise zu.

Ich ging zum Schreibtisch. Es war nicht so einfach, die Gedanken umzusortieren. Ich blätterte in Unterlagen und Aufzeichnungen, machte ein paar Notizen. An die Gegensätze musste man sich gewöhnen: Erst liest man «Elsa Entchen» und dann Friedrich Schlegels philosophische Fragmente. Die waren am nächsten Morgen an der Reihe. Sie kamen mir jetzt noch unverständlicher vor als früher. Ich sah die Sätze und wusste nicht, was er meinte. Da hätte auch stehen können: «Bleib schön hier, Elsa. Aber das tat Elsa nicht.» Auf der Straße unter der Laterne lief einer vorbei. Er hatte einen langen Schritt, enge Laufhose, gute Haltung, lief zügigleicht. Vor ein paar Jahren war ich auch so unterwegs, jetzt saß ich am Schreibtisch, wieder Mandelentzündung. Wenn ich am Morgen hustete, kam aus dem Zimmer von Max und Luise ein Echohusten. Ja, ich war ein anderer. Aber es war richtig. Und es war gut, dass Dinge geschahen, die keiner vorhersagen konnte, niemand in der Hand hatte. Sie kamen zu uns und waren da.

Auch die Wohnung hatte sich verändert. Im Halbdunkel standen die Holzgitter, mit denen wir gefährliche Bereiche absperrten, nachts waren sie zusammengeschoben. Ich ging über die weiche Wolldecke, die zum Turnen diente. Der Seidenstoff der blauen Banane glänzte. Mondlicht fiel herein, beleuchtete die nebeneinanderstehenden Hüpfpferde. Immer trat man auf irgendeinen Plastikgegenstand, der gegen die Fußsohle bohrte, oder auf eine Kastanie, denn sie hatten eine beachtliche Sammlung angelegt. Kastanie unterm Fuß: Das Gefühl kannte ich genau. Beim Einzug hatten wir lange über die richtigen Möbel nachgedacht, über ihre Anordnung, Stühle hatten neue Stoffe bekommen. Bevor wir den großen Schrank kauften, hatten wir sogar ein Modell aus Pappkartons aufgebaut, um auszuprobieren, ob er in seiner Dimension an den vorgesehenen Platz passen würde. Der Schrank hatte jetzt Dellen, die auch im Dunklen sichtbar waren. Als sie ihre Plastikautos bekommen hatten, Bobby-Cars, hatten wir Anfänger sie zuerst in der Wohnung damit herumfahrenlassen.

Sie saßen auf dem Topf, und sie forderten, dass ich das «Röslein» vorsingen solle. Ohnehin hatten wir uns nur unter großen Mühen die Vertonung von Goethes «Heideröslein» angeeignet. Es gibt da komplizierte Partien, die mich immer wieder ins Stolpern brachten, wo ich hörte, dass etwas nicht stimmte, aber es nicht besser wurde. Aber jetzt musste ich singen, denn sie drohten damit, die Töpfe wieder zu verlassen. Sie hatten ihre nackten Unterteile schon halb erhoben: «Sah ein Knab' ein Röslein stehn.» Still ruhten dicke Schenkel, blauer Topf, roter Topf, sie lächelten zufrieden. Ich aber saß auf dem kalten Fußboden, denn die Badezimmermatte lag unter ihnen: «Röslein sprach: Ich steche dich, dass du ewig denkst an mich.» Ich war umgeben von Feuchttüchern, kleinen Büchern, Schiffen und sonstigen Dingen, die sie mit auf die Toilette nehmen wollten und die sich dort sammelten: «Und der wilde Knabe brach's Röslein auf der Heiden.» Wir saßen dort längere Zeit, denn auf ihrer Seite geschah nichts, während ich das Lied zu Ende führte und die Schönheit leiden musste, worüber ich aber nicht nachdenken konnte, weil sie eine Wiederholung verlangten, «Röslein-Lala» riefen, fordernd, drängend. Ich hatte Angst und begann wieder zu singen. Wieder ging der Knabe über die Heide, erblickte wieder das Mädchen, und die alte Geschichte fing an, und es half kein Weh und Ach.

Nein, das konnte keiner voraussehen, konnte sich keiner ausdenken. «It's the end of the world as we knew it and I feel fine", sang R.E.M. in den Achtzigern. Absolutes Tempolied, das ich gleich im Ohr hatte. Vieles war wertvoll, war jetzt in die Welt gekommen, aber nur kurz vorhanden. Nach ein paar Wochen hatte man es wieder vergessen. Wie das tapsende Geräusch, das beim Krabbeln auf dem Holzfußboden entstand. Ich hörte, dass es näher kam, und wusste, gleich würde ein Kopf um die Ecke biegen und hochsehen. Das wollte ich behalten, das verschwand. Später würde man sogar der Schlaflosigkeit hinterhertrauern, sogar dem Milchkochen, während die Kinder an der Hose ziehen, auch den Waldgängen bei strömendem Regen, der in den Kragen sickerte. Da tapste Leben, schrie Leben, tropfte Leben. Max brabbelte aus seinem Bett heraus, warf sich herum, es gab ein dumpfes Geräusch. Er war mit dem Kopf an der Holzwand gelandet. Erstaunlich, dass Kinder davon nicht wach werden, dachte ich, aber diesmal wurde er wach, er rief.

Ich pflückte ihn aus dem Bett, stellte ihn auf die

Fensterbank. Klarer Abend, der Mond nah zu sehen, schrundige Oberfläche, helles Licht. Max fasste an die Scheibe, schlug mit der flachen Hand dagegen. Gerade war an einem kleinen Ort zwischen Brocken und Kyffhäuser eine Himmelsscheibe ausgegraben worden, 3600 Jahre alt. In der Zeitung war ein Bild: Groß der Halbmond, zwei Barken und viele Sterne, gold auf grünem Grund. Die Barke sollte den Sonnengott über den Himmel fahren. Jeden Abend musste er sterben, fuhr durch die Unterwelt, um am Morgen am Horizont zu erscheinen. So ähnlich erklärten wir es den Kindern, wenn die Sonne unterging und wir zum gegenüberliegenden Fenster zeigten, wo sie wiederkam. Vielleicht enthielt die Scheibe auch praktische Kenntnisse über die Sommer- und Wintersonnenwende. Irgendwann war sie vergraben worden, in einer von Wällen und Palisaden umgebenen Sternwarte, regelrecht bestattet. Da ging ein Kult zu Ende oder eine Herrschaft. Neue Herrscher kamen, die Himmel wechselten die Sterne, die Reise der Barke war zu Ende. Max war müde geworden, fühlte sich schwer an, sackte zurück. Ich hob ihn von der Fensterbank, legte ihn vorsichtig wieder in den Schlafsack.

Vorm Bett, ich strich Max über den Rücken, damit er in den Schlaf kam, klopfte seinen Schlafsack. Was wussten wir von den Kindern? Sie teilten die Wohnung mit uns, aber wie sah ihre Wohnung aus? Und wie sahen wir aus? Wie funktionierte so ein Kopf, was waren das für Gefühle: die Freude, einfach zu leben; das Reden, nur um zu reden; der plötzliche Umschlag ins Heulen? Sie lachten ausdauernd über Dinge, die ich nicht witzig finden konnte. Wenn sie aus der Tür kamen: der nasse Baum, der Hund mit dem nassen Fell, die abziehenden Wolken – wie sah das in ihren Augen aus? An der Auffahrt eines alten Hauses standen zwei Steinlöwen. Max und Luise liefen zu ihnen, klopften ihnen auf dem Rücken herum, verabschiedeten sich. Wie musste es sein, wenn alle derartigen Wesen lebten? Später würden sie es vergessen haben. Nur in gelegentlichen Momenten dringt eine Erinnerung an diese Zeit durch. Als ich mit dem Fahrrad die Straße hochfuhr und an den Löwen vorbeikam, nickte ich ihnen grüßend zu.

Schmaler Streifen Rot am Abend, und nun kamen gleichmäßige Atemgeräusche aus dem Bett, ein leises Pfeifen. Ich ging rückwärts leise weg. Noch einmal durch die Wohnung, Gedanken kreisten zu Ende. It's the end of the world as we knew it and I feel fine. Die Barke fährt den Sonnengott unten um die Erde herum. Im Mondlicht stehen zwei Hüpfpferde. Ich habe wenig verstanden, habe eine Mandelentzündung, eine Kastanie in der Tasche, bin am Leben, feel fine. Es trauern Berg und Tal, wo ich viel tausendmal bin drüber gegangen. Die Nachtlampe scheint, die blaue Banane glänzt. Langsam kommt der Schlaf. Wie Balsam, sagt man, den ich nicht kenne. Balsam stelle ich mir vor wie das Wort «Balsam». Wie Mondlicht auf der Fensterbank. Die Fensterbank sieht wie ein weißes Tuch aus, auf die Unruhe legt sich ein Balsamtuch.

12.

Krieg und Frieden. Ein Schweizer Junge, der in die Wange kneift. Die Vogelpredigt. Wie man intersubjektive Gemeinsamkeiten aufbaut. Versammelnd den Atem, gelangend zur Weichheit. Dau-dau. Ich bin ich.

Sie gingen in die Welt, es gab Gewalt, ich griff ein, wenn es notwendig wurde. Max, der an einem friedlichen Ort in den Schweizer Bergen einen grünen Käfer entdeckte, der den Weg überquerte, verkündete laut, dass es durch den morgenstillen Hof hallte: «lang» – und in der Tat war das ein relativ großer Käfer. Dann, ebenso deutlich: «fangen», wobei er allerdings «fanga» sagte, weil er in dieser Phase alle Verben auf «a» enden ließ. Aber wie kam er auf die Idee? Wir haben niemals gejagt, und es war kurz nach dem Frühstück. Der kleine Hof zwischen drei Holzhäusern vom nächtlichen Regen nass, Steine glänzten, Tropfen hingen am Zaun, die Sonne begann zu wärmen. Wir standen dort, als dieser Käfer über den Platz ging und Max' Ruf hallte. Er ließ mich hochschrecken, vor das Tier treten. Unser Sohn war kein Heldentyp wie der kleine Australier, der immerfort Testosteronschübe hatte, einen ganzen Nachmittag lang wie ein Ball herumhüpfen konnte. Aber selbst in diesem pflaumenweichen Jungen gab es eine Stimme, die ihn zu dem schwachen Tier trieb, den Zeigefinger zum Zerdrücken ausfahren ließ.

Es konnte auch ganz anders sein. Es gab Tage, da er den Tieren lange und geduldig hinterhersah, immer von neuem wollte, dass ich die Katze heranlocke, damit er sie antippen konnte. Er sprach auch die Vögel an. Er stand auf dem Hof vor drei Sperlingen und sagte ernsthaft die Worte, die er konnte. Sie pickten und hüpften um ihn herum. Er drehte sich mit, sie flogen auf einen Zaun. Er hörte ihrem Gepiepse zu. Dann richtete er wieder das Wort an sie und hob auch den Zeigefinger. Ich dachte an Giottos Bild des heiligen Franziskus, der auf einem Feld den Vögeln predigt. Sie haben sich unter einem Baum versammelt, Franziskus beugt sich zu ihnen herab und bewegt die Hände. Daneben steht ein anderer Mönch, der sich Sorgen um den Zustand seines Meisters macht. Manche Vögel fliegen, die meisten sitzen. Hinter dem Feld eine blaue Hügelkette.

Die Sperlinge waren weitergeflogen. Max und ich standen auf dem Hof. Wir sahen zu einer Pappel hoch, die gegenüber ragte. Wind war aufgekommen, schob eine dunkle Wolkenfront heran. Die Blätter der Pappel noch beleuchtet. Der Baum wurde gebogen, die Zweige raschelten auf. Das Grün der Blätter trat im Gewitterlicht stark hervor. Dann der erste Donner. Max wollte, dass wir uns die Hand gäben. Diese Wechselfälle machen es noch rätselhafter. Wie konnte ein Mensch, der eins war mit den Vögeln, gleichzeitig mit dem Jagdwunsch erwachen? Nichts Beständiges ist in unserer Seele, so starkes Treiben wie Wolkenzug über Pappeln, die jetzt unterm dunklen Grau standen. Wind kam in kurzen, kühlen Schüben, Sandra rief uns herein.

Sie spürten den Streit der Welt auch am eigenen Leib, als ihnen ein kräftiger Schweizer Junge in die Wange griff. Er hatte zwei ältere Geschwister, war im Kampf geübt. Auf ihrem Hof herrschte wildes Leben, in der Mitte ein Riesentrampolin, Hühner und Katzen überall. Die Kinder interessierten sich für ein Dreirad. «Vorsicht, er klemmt», rief die Mutter, was aber keiner von uns verstand, und der Kleine hatte schon mit seinen kräftigen Fingern zugekniffen. Er hielt die Wange fest: Max war starr – bevor er schrie. Er brüllte so laut, dass man ein Echo von den umstehenden Dreitausendern erwartete. Die Mutter musste ihren Sohn von Maxens Wange lösen.

Oder die Schwester des Australiers, die einmal in der Not Luise in die Haare gefasst hatte. Sie zog und dabei schrie sie. Luise schrie auch. Ein Kinderknäuel stürzte zu Boden. Diese Ereignisse wurden wieder und wieder thematisiert. Noch Monate später wussten sie den Namen des starken Schweizers, den ich längst vergessen hatte: «Silvan». Und fügten hinzu: «Der Kneifer». Das erinnerte an die James-Bond-Filme, in denen es diesen «Beißer» gab. Der Australier und seine Schwester waren längst umgezogen, als die Haar-Episode immer noch überraschend Gegenstand werden konnte. Beim Mittag sprachen sie darüber. Der Name des Mädchens musste nur fallen, und sie griffen sich in die Haare. Das Mädchen war vollkommen reduziert auf das Fassen, Ziehen, Reißen und Pflücken der Haare.

Wünschen sich Kinder eine Welt ohne Zerren, Kampf, Geschrei?

Es gab Tage, an denen der Streit wie ein Fluch im Haus hing. Wir konnten vermitteln, schlichten, «Große Fahrzeuge auf dem Bauernhof» vorlesen. Nach kurzer Unterbrechung ging es wieder los: Mit der flachen Hand auf den Kopf schlagen, am Ärmel zerren, schreien. Es begann in der Regel so, dass sie nichts mit sich anzufangen wussten, durch die Wohnung streunten, verärgert herumblickten, lungerten. Das ging in ein Marodieren über. Beim Vorbeigehen gegen ein Stofftier treten, den anderen mit der Schulter streifen, frische Bauwerke zerstören. Oder Sperrungen vornehmen. An manchen Tagen warteten sie mit ausgebreiteten Armen an allen Ecken und Enden der Wohnung: «Gesperrt». «Max hat ‹Nein› gesagt»: Mit diesem Ruf stürmte Luise aus dem Zimmer. Ich schleppte sie beide ins Tiergehege. Dort beobachteten wir drei kleine Ziegen, noch recht neugeboren, die noch nicht mal richtige Hörner hatten, nur Erhebungen unter dem Kopffell. Aber mit diesen Stummeln versuchten sie hartnäckig, sich von einem Baumstamm hinunterzudrücken. Sie beugten die Köpfe, schoben, wollten unter den anderen gelangen. Wer auf der Erde landete, sprang wieder hoch, senkte den Kopf, griff an. «Ich hab Max gehaut, weil Max mich gehaut hat.»

In dieser Zeit bevorzugten sie Bücher, die ihren Erlebnissen entsprachen. Sie schätzten einen harten Realismus. Der Protagonist spielte mit einem Auto, und ein Mädchen trat hinzu, dem wir schon ansahen, was es wollte. Das Zerren am Auto begann. Kopfnuss, Tränen sprangen aus den Augen. Das glückliche Ende, an dem die Mutter ein zweites Auto herbeibrachte, fand ich pädagogisch fragwürdig, und wenn man es zum Prinzip erhob, auch finanziell bedenklich. Dann sangen sie Hänsel und Gretel. Als die Hexe erklärte, Hänsel braten zu wollen, rief Luise: «Das darf sie nicht.» Irgendwann fanden wir dann die Kurve zum Frieden, aber man musste Geduld haben, es geschah, steuern ließ es sich nicht.

Luise baute sich eine Ordnung auf. Sie hatte ein kleines Plastikgeschirr bekommen, Teller, Tassen, stumpfe Messer, eine gelbe bauchige Teekanne. Das ergänzte sie mit Teilen, die aus der echten Küche stammten. Sie verteilte diese Elemente nach seltsamen, jedenfalls von außen nicht durchschaubaren Gesetzen in der Wohnung: Zwei Untertassen und ein Messer kamen auf den Schreibtisch, die Teekanne auf die Bank über der Heizung, Essteller auf die Stoffbanane. Ein Geschirrhaufen wurde mit Mühe hoch aufs Sideboard befördert. Die Kaffeekanne, die den Deckel der Teekanne trug, stand auf dem Boden vor dem Schrank. Sie zögerte nicht, wusste, was zu tun war, begann mit der Zirkulation der Teile: Teller von x nach y, Teekanne von y nach z, wodurch sich ein Kreisen in der Wohnung ergab. Gerätschaften wanderten, manche auch mehrmals. Ganze Standorte wurden abgebaut oder nur Einzelteile. Manche kehrten an ihre alten Plätze zurück. Immer wieder fiel sie in den Laufschritt, Messer von a nach b, Löffel von b nach c, Tupperbox von c nach a. Farbe stieg ihr ins Gesicht, sie hatte zu tun, sah mich nicht, lief hinter meinem Rücken vorbei. Ich war umgeben von kreisendem Geschirr, von bunten Kleinteilen, Rotation der Teller-Tassen. Ich konnte mit der Lektüre eines größeren Artikels von Jürgen Habermas beginnen, den ich aus der Zeitung ausgerissen und zur Seite gelegt hatte.

Es ging darum, ob wir wirklich frei sind oder uns das nur einbilden. Werden wir nicht eigentlich von unserem Körper gesteuert? Sind wir Chemie und Biologie, laufen Gesetze in uns ab? Es gab Zeiten in den letzten zwei Jahren, in denen ich mich tatsächlich vollkommen unfrei gefühlt hatte. Unsere Wohnung hatte sich in eine geschlossene Welt verwandelt. Nun war ich froh, dass ein Philosoph gegen eine solche Sichtweise anschrieb und Trost verbreitete. Dabei holte er weit aus, entwickelte ein Bild des Menschen als Naturwesen und gleichzeitig als Freiheitswesen und begann mit der Geburt: «Die Hilfsbedürftigkeit des organisch unfertigen Neugeborenen und eine entsprechend lange Aufzuchtperiode machen den Menschen vom ersten Augenblick an von der sozialen Interaktion abhängig» – ja, wir haben interagiert: Ich war das Gespenst mit der Windel um den Kopf, sie gaben die Befehle, Sandra kochte die Milch, ich brachte die Milch, und manchmal durfte ich schlafen. «Eine evolutionäre Errungenschaft des Menschen besteht darin, den Artgenossen als intentional handelndes Wesen zu verstehen, mit dem anderen intersubjektive Gemeinsamkeiten aufzubauen. Menschen lernen schon im vorsprachlichen Alter von neun Monaten, ihre Aufmerksamkeit auf dieselben Objekte zu richten» – so zum Beispiel auf ein Küchengerät, das wir Bratenwender nannten, das sie beide schätzten, von dem sie wussten, dass der andere es auch haben wollte, an dem sie zerrten mit wildem Geheul. Manchmal schien es, dass auch das Schreien eine Waffe war, das den anderen zur Aufgabe bewegen, in die Flucht schlagen sollte.

«Schimpansen haben kein intersubjektiv geteiltes kulturelles Hintergrundwissen», schrieb Habermas und lobte sodann den Menschen, der das Bewusstsein besitzt, so oder anders handeln zu können, weil er im öffentlichen Raum der Gründe mit Geltungsansprüchen konfrontiert wird, die ihn zu Stellungnahmen herausfordern. «Raum der Gründe» – mir wurden die Augen feucht bei dem Gedanken, dass Luise und Max irgendwann in diesen Raum eintreten könnten. In unserer Wohnung gab es keinen solchen Raum, nur Geltungsansprüche und Stellungnahmen, wobei ihre Stellungnahmen in freier Gesetzlosigkeit erfolgten, ohne jede Möglichkeit, sie vorherzusehen, während ihre Geltungsansprüche Forderungen waren, die in Wutanfälle übergingen. Heulende, auf dem Boden sich wälzende Forderungen, das waren sie. Aber dennoch tröstete die Rede des Philosophen, weil er an die Möglichkeit des Friedens und der Verständigung glaubte.

Er sprach auch von dem objektiven Geist, der aus der Interaktion von intelligenten Tieren hervorgegangen sei. Er sprach von einem symbolisch gespeicherten, kollektiven Wissen, das sich aus den gemeinsamen kognitiven Leistungen vieler Generationen aufgebaut habe – und ich sah uns auf der Couch sitzen, den Tier-Duden betrachten, «Tierkinder auf dem Bauernhof», «Was kriecht da?», «Stark», «Schnell», «Gut geschützt». Den Panther sahen sie nun mit großer Gelassenheit an, sprachen das Wort «Panther» geläufig aus. Sie hatten sich das symbolisch gespeicherte, kollektive Wissen angeeignet, wussten, dass das Bild eines Panthers nur ein Bild war, und die Großeltern hatten schon einen Kinder-Brockhaus mitgebracht, der im Regal wartete. Wir unterhielten uns über das Klima in Afrika, und wir besprachen die Ereignisse in unserem Planschbecken im letzten Sommer. Wir erinnerten uns gemeinsam, wie Luise ihr erstes Waffeleis bekommen hatte und unten an der Waffel abbiss. Kurze Zeit später begann es zu tropfen. Es tropfte auf ihre Schuhe, es tropfte auf den Weg, ich schloss das Waffelloch mit einem Taschentuch. Ich dachte, dass ich mich auch nach diesen zwei Jahren noch immer frei fühlte.

Ich hatte in Zwängen gelebt, die Ohren voll mit schrillsten und schrägsten Geräuschen. Aber gleichzeitig war ich Beobachter und versuchte zu verstehen. Wie hing das zusammen: Ich war ein Apparat und fragte: «Sind Eltern frei?». Ich bekam Anfälle, fluchte herum, stand neben mir und sah mich kritisch von der Seite an. Ich ging mit dem Windelsack durch den nächtlichen Garten und sah zu den Sternen hinauf. Ich konnte es nicht begreifen, und auch der Philosoph war hier ratlos, der am Ende schrieb: «Unser kognitiver Apparat ist nicht darauf ausgerichtet zu begreifen, wie die deterministischen Wirkungszusammenhänge der neuronalen Erregungszustände mit einer Motivation durch Gründe, mit dem Zustand der Entscheidung, mit der Freiheit zusammen existieren.»

Aber muss man immer verstehen? Wenn man am Frühstückstisch sitzt und ein kleines, nacktes Mädchen sich eine Badehose auf den Kopf setzt, Runden durch das Zimmer läuft, dabei «Puff-Puff» und gelegentlich auch «Krokodil» ruft? Wenn ein Junge seinen Schraubenzieher durch eine Plastiktüte bohrt, eine rosa Wollmütze trägt, rhythmisch durch die Wohnung marschiert und dabei «Papa-papa-papa-papa-gei-gei-gei» singt, durchaus Rap-ähnlich? Wenn ein Mädchen ein Känguru hartnäckig als Hüpfpferd bezeichnet? Wenn man es in einer Ecke der Wohnung findet, wo es leise und intensiv für sich die Worte «na und» übt, während der Junge erklärt, dass die Treppe in der Wohnung aus «Porzellan» bestehe? Wenn das Mädchen am Morgen sagt «Ich bin ich», beziehungsweise «Ech ben ech», was Fichte, wenn es Fichte war, so ähnlich formuliert hat, während der Junge auf die Fensterbank geklettert ist und laut verkündet: «Halbmond»?

Luise entdeckte Zusammenhänge, Dinge kehrten wieder, die sie schon kannte. «Laternenstraße» rief sie, wenn draußen die Laternen angingen. Sie kannte «Schweiz», «Paris», «Würzburg». Wenn am

Sonntag ein Ei gekocht wurde, erklärte sie zusätzlich, wer die Eier legt, von welchem Hof sie stammten und dass nach Sonntag Montag kommt. In einem Kinderbuch kam ein Marder vor, der ein Ei stiehlt. Das in dieser Geschichte auftauchende Wort «Eierdieb» verselbständigte sich zu einem ihrer Lieblingsworte, mit dem sie zum Beispiel den Paketboten angingen, als er neuen Wein brachte: «Eierdieb». Wilde Rede: «Punki, punki» – womit sie Punkte auf einer Jacke bezeichneten, obwohl sie das richtige Wort kannten, dabei in wildes, sich gegenseitig anfeuerndes Lachen geratend: «Punki». Das war immerhin noch irgendwie verständlich, aber sie nahmen auch selbst gebastelte Schwäne, die in Sandras Familiengeschichte einmal als Eierwärmer gedient hatten, bohrten mit deren Schnäbeln in allen möglichen in der Wohnung befindlichen Löchern herum, riefen dabei stakkato-artig: «E – A – F», «E – A – F». In der Wohnung gab es einige Pfeiler, die sie umfassten, um sodann mit den Händen an ihnen hoch und runter zu reiben. Diesmal riefen sie «August», «August», dabei die zweite Silbe überstark betonend. Es war unsere Wohnung, aber sie taten, was sie wollten, schleppten den Föhn aus dem Badezimmer heran, Luise hielt das Kabel, Max föhnte den Hasen, beide imitierten die Föhngeräusche. Ich stellte das Radio lauter: «First we take Manhattan, then we take Berlin.»

Sie verschwanden mit ihrer Mutter in den Garten. Der Rasen war über Nacht hart und weiß geworden, das Gras in Reif gepackt. Eine Knospe der großen Rose, die es im Herbst nicht mehr geschafft hatte, war gefroren. Sandra ging auf dem knispernden Rasen auf und ab, um sich warm zu halten, strich über die weißen Spitzen mit den Turnschuhen. Max und Luise sausten mit ihren Fahrzeugen den Weg hinab. Auffahrunfälle und Begeisterung. Der Reif hatte die Blätter verzogen, gewölbt, Blattadern traten hervor. Die Zweige mit dem Kältebesatz ragten in den Garten. Sandra wendete, ging einen Kreis, schob mit dem Fuß braune Blätter zusammen, während es die Sonne über das Hausdach schaffte. Sie hielt das Gesicht hin. Luise saß auf der Schaukel, schrie «Mehr Schwung». Dabei schaukelte sie schon wie wild, überschlug sich fast, riss die Fußspitzen in den Himmel. Die Schaukel knarrte, und wenn sie ganz oben war, fiel sie ein Stück durch die Luft. Im Rückwärtsschwung streifte sie die Tannenzweige. Sandra ging zu ihr, gab allerdings nicht mehr Schwung, sondern hielt die Hand an den Rücken und versuchte etwas zu bremsen, ohne dass es auffiel.

Auch in der Nacht kamen sie nicht zur Ruhe. Von «Marder, Marder»-Schreien wurden wir wach. Wir hatten den kleinen Australier besucht, der mit seiner Familie in den Spessart umgezogen war. Er hatte sich gut entwickelt, kürzlich beim Einkaufen einer Frau, die vor ihnen in der Schlange stand, auf den Hintern gehauen. Das Wochenende war friedlich verlaufen, man hatte sich nicht an den Haaren gezogen, aber als wir wieder aufbrechen wollten, war die Benzinleitung unseres Autos zernagt, von einem Marder, wie der Fahrer des Abschleppwagens erklärte. Der Abschleppvorgang, die Rückfahrt mit einem Leihauto, die Gespräche darüber, wie der Marder in der Nacht, als wir alle schliefen, aus dem Spessart herabgeschlichen und in den Motorraum des Autos eingedrungen war: Es war ein Einschnitt in der Familiengeschichte. Der Marder war mehrere Monate lang das am meisten thematisierte Tier, und das Wort «Benzinleitung» sprachen die Kinder souverän aus. Aber das Tier schlich eben auch in der Nacht durch unsere Wohnung, und so musste Sandra Luise aus dem Bett heben und festhalten, wobei sie immer noch bebend zu einer gebauschten Decke starrte, die im Zimmer lag und vom Licht der orangenfarbenen Nachtlampe erhellt wurde.

Am Tag versuchte Luise mit den Mitteln der Wortmagie gegen Erscheinungen vorzugehen, die ihr Angst bereiteten. Den großen schwarzen Hund, der uns oft entgegenkam, den sie kannte, seit sie sich einmal Auge in Auge gegenübergestanden hatten, bezeichnete sie als «kleinen schwarzen Hund». Auf einer ganzseitigen Zeitungsanzeige war ein Löwe zu sehen. Luise saß auf dem Fußboden, sah sich die Seite an und erklärte, dass es sich um eine kleine Katze handele. Sandra stand hinter ihr und fragte, ob das tatsächlich eine kleine Katze sei. Luise schwieg, und als Sandra noch einmal fragte, sagte sie unter Tränen: Nein, das sei ein großer Löwe. Am Abend setzte ich mich zu ihr vors Bett. Ich schlug ihr vor, sich vor dem Einschlafen zu überlegen, wovon sie träumen wolle. Sie müsse sich das fest vornehmen, dann könne es helfen. Um Mitternacht kniete ich wieder vor ihrem Bett und versuchte sie zu trösten. Sie war vom Hochschrecken und Schreien noch völlig atemlos. Ihrem Schluchzen entnahm ich, dass sie von Max hatte träumen wollen. Aber dann war wieder der Marder erschienen.

Lang und Kurz vermessen einander, Hoch und Tief erzwingen einander. Versammelnd den Atem, gelangend zur Weichheit. Teller von x nach y, Teekanne von y nach z. Heimkehren zum Wurzelgrund heißt: Stille finden. Kängurus und Hüpfpferde. Mehr Schwung. E – A – F. E – A – F. Das Kind: Den ganzen Tag spricht es, dennoch wird es nicht heiser. Kleine Katze, großer Löwe. Max in der Nacht vor der geöffneten Kühlschranktür. Ganz ruhig in der dunklen Küche. Er sah in den beleuchteten Schrank.

13.

Rosinen, Regenhüte und die Becher mit Getränken. SMS aus Südafrika. Sand muss ins Planschbecken. Nur kleine Hunde kenne ich. Gänge durch die Alpen. Was ich meine, ist die Liebe.

Ein Sonntagmorgen, an dem sie es drinnen nicht aushielten. Wir mussten noch vor acht Uhr zum Spielplatz aufbrechen, immerhin war es schon hell. Beim Bäcker stand ich oft im Dunkeln vor der Tür und wartete, bis geöffnet wurde. Sandra packte einen Rucksack zusammen. Darin eine Schachtel mit Rosinen, zwei Plastikflaschen, Regenhüte und Ersatzunterhosen. So konnten wir es längere Zeit draußen aushalten. Die Straße hinunter, an jeder Hand ein Kind. Mit dem Rucksack und der Regenjacke sah ich wohl wie ein Wanderer aus, denn die Italienerin, die gerade im Nachthemd aus dem Fenster blickte, um das Wetter zu prüfen, musste lachen, als wir vorbeizogen. Der Spielplatz war nicht weit entfernt, allerdings waren auf dem Weg einige Arbeiten zu erledigen: Mit Stöcken in Mauern herumbohren, Moos abschaben, gegen Metalltore schlagen. Die Fensterläden im Viertel waren noch geschlossen. Der Spielplatz ist von Bäumen überwölbt, an diesem Morgen waren die Zweige noch nass. Ein großer Windzug, Tropfen fielen. Sie klackten auf das Kinderhaus mit dem roten Dach, auf das Spiral-Pferd und die Rutsche. Max sah nach oben, Luise hatte schon ihre Tätigkeit aufgenommen.

Hinter einem Busch zerrte sie zwei Schaufeln hervor, das war unser Versteck. Sie hatten einen langen Aluminium-Stil und eine große Fläche, richtig gute Schaufeln; ich hatte sie von einem Bewerbungstermin mitgebracht. Aus der Bewerbung war nichts geworden, aber seitdem hatten wir Bielefelder Schaufeln. Max kam auch dazu, und sie begannen, vom Kiesteil des Spielplatzes Steine zum Sandabschnitt zu transportieren. Bei der Arbeit begannen sie zu singen. So hatten es die alten Völker getan. Das Vorsingen begann, seine Früchte zu tragen, manchmal dachte ich auch: Es rächte sich. Dann sangen sie ununterbrochen, wiederholten aber, weil sie Texte nur teilweise kannten, bestimmte Zeilen unerträglich oft. Im Lied von Hänsel und Gretel war es der Vers: «Die Hexe musste braten», den Luise auch jetzt laut sang, wobei sie allerdings «baten» sagte, denn die Aussprache des «r» fiel ihr schwer. Sie querte mit der Kiesschaufel den Platz und verkündete triumphierend-erleichtert: «Die Hexe musste baten.»

Irgendwann hatte man diese Gesänge natürlich im Ohr. An einem milden Märztag summte ich auf dem Fahrrad: «Sonst ist der bittre Frost mein Tod». Das stammte aus einem Sankt-Martins-Lied, das sie im November gelernt hatten. Es gefiel ihnen so sehr, dass sie es über Monate im Repertoire behielten. Der arme Mann saß frierend am Wegrand, war dem Tod nah, aber dann ritt Sankt Martin vorbei und gab ihm die Hälfte seines Mantels. Aber die Rettungsaktion besangen sie nicht, sondern begannen mit dem armen Mann und kamen bis zum bitteren Frost und der Todesdrohung, die sie ausdauernd wiederholten. Jetzt auf dem Spielplatz waren sie mit einem Dornröschen-Lied beschäftigt, das sehr viele Strophen umfasste. Sie boten es allerdings in einer Kurzversion dar, die in größter Verknappung nur noch aus folgenden Teilen bestand: «Dornröschen war ein schönes Kind» – «da kam die böse Fee herein» – «da feierten sie das Hochzeitsfest». Vor allem das Hochzeitsfest hatte es ihnen angetan. Natürlich hatten sie keine genaue Vorstellung, worum es sich handelte, aber sie bewegten sich dazu hüpfend auf der Stelle. Luise begann manchmal auch gleich mit dem Hochzeitsfest, hüpfte schnell und vollkommen anstrengungslos auf der Stelle auf und ab. Das hielt sie minutenlang durch. Ich war schon vom Zusehen erschöpft, sie aber skandierte wieder und wieder: «Da feierten sie das Hochzeitsfest».

Wir setzten uns auf eine Bank am Spielplatz und aßen die Rosinen. Rosinen waren unser Süßigkeiten-Ersatz. Die Kinder hatten das akzeptiert, kannten nicht viel anderes, und inzwischen griff ich auch gern in die Box. Ich drehte ihnen die Trinkflaschen auf. Darin ein Apfelsaft-Wasser-Gemisch, das Sandra und ich verschieden dosierten. Heute hatte ich gemischt, und die Kinder tranken zufrieden. Max lief zum Spiral-Pferd, das er mit seinem Gewicht inzwischen erheblich ins Wanken brachte; am Anfang hatte sich gar nichts gerührt, jetzt drückte er es bis zum Boden nieder. Luise zog mich zum Holzhaus. Ich hatte irgendwann unüberlegt damit begonnen, sie auf den Dachfirst des Hauses zu setzen, von dem sie hinunterrutschten. Das wollten sie natürlich immer. Sandras Weisheit «Bedenke die Folgen» hatte ich bei dieser Tat vergessen. Luise rutschte, Max setzte sich in das Haus. Er redete mit sich selbst, «Feuerwehr», «Hase», «Straßenmaschine», «Halbmond».

Inzwischen verbrachten wir unsere Wochenenden allerdings nicht mehr ausschließlich auf nahe gelegenen Spielplätzen. Wir besuchten Freunde in Bad Homburg, gingen gemeinsam zu dem kleinen Schloss, das auf einem Hügel liegt. Am Eingang steht eine Libanon-Zeder. Jetzt wusste ich endlich, warum im Alten Testament immer mit Bewunderung und Ehrfurcht von den Zedern des Libanon die Rede ist, warum sie als Vergleich für Größe und Macht dienen. Denn die Zeder war nicht einfach nur riesengroß, sondern hatte vor allem eine ungeheure Spannweite. Man wunderte sich, dass diese ausgebreiteten Äste nicht einfach abbrachen. Es waren überdimensionale Arme, die einen ganzen Platz überspannten und beschirmten. Luise musste, ich hielt meine Tochter unter einer Zeder des Libanon ab.

Wir fuhren in die Schweizer Alpen, nach Adelboden, hatten dort lange Sommerwochen. Sandra saß mit den Kindern am Bach, man warf Steine hinein. Ich ging kreuz und quer durch das Tal, kam zu einem Wiesenhang, der noch nicht gemäht war. Blumen in großer Fülle, ich begann zu pflücken. Manche ließen sich leicht am Stiel abknicken. An anderen zieht und zerrt man, um schließlich alles mit Wurzel in der Hand zu haben. So sammelte ich ein, ging mitten in die Wiese, sah zur Seite, wo ein besonders hohes Exemplar stand. Dieses seltene Lila, das strotzende Gelb im Juli, alles kam mit: Gelber Enzian, Schafgarbe, Steinbrech. Eine Alpenrose war erlaubt. Wollgras wehte so schön. Um die Distel einen Bogen. Flaches Fingerkraut vorsichtig abziehen. Arnika war reichlich da. Gemswurz bitte, Goldrute danke. Ich drückte alles in den Bund hinein, schon fast zu dick für eine Hand. Auch noch ein paar Gräser, die schwer zu zupfen sind. Entgegenkommende Wanderer sahen mich auf dem Rückweg kritisch an, wahrscheinlich Biologielehrer. Ich brachte den Strauß aber sicher nach Hause, stellte die Blumen in einen Tonkrug und lockerte die Hände nach dem Pflücken und Zusammenpressen.

Auf einem Regiestuhl im Garten. Es war die Stunde zwischen zwei und drei, bevor der Nachmittag begann. Alles hatte seinen Platz. Der gelbe Ball lag auf der Terrasse, die Schaufel nach dem Spielen auf dem Tisch. Das Bobbycar neben einer Zwergtanne geparkt. Die Beine auf eine Bank legen, Holz unter der Wade, von der Sonne gewärmt, im Rücken die Stofflehne. Ruhe, die ungefragt kommt. Gegenüber das Massiv, die Form der Gipfelgruppe: schroffe Senkrechte, oben ein Kegelbau, dann eine Mulde, drei Zacken in Folge, der lange Grat. Große Beruhigung, wie wenig wir sind. Man zeugt, aber man besitzt nicht. Man tut, aber man baut nicht drauf. Wer ohne Festhalten ist, der ist ohne Verlieren, dachte ich und nahm einen langsamen Schluck aus der bereitgestellten Bierdose. Ich musterte zufrieden die Fülle der Blumen im Krug. Es war gut, dass ich sie alle mitgenommen hatte. Hiersein ist viel. Das Bier hatte genau die richtige Temperatur: Kühlschrank, von der Sonne leicht gewärmt. Das Handy auf dem Tisch brummte. Die Schwägerin schickte gelegentlich eine SMS aus Südafrika: «Blouberg-strand», «Guesthouse», «ziemlich beachy», «Wale in der Bucht».

Max und Luise kamen aus dem Haus gestürmt. Sandra hatte nach der Mittagspause die Gitterstäbe des Käfigs hochgezogen. Sie übernahmen den Garten, begannen ihre Spiele und Aktionen, die sie in dieser Lebensphase live kommentierten. Sie riefen «Ich nehme die Schaufel» und nahmen die Schaufel, sie sagten «Sand muss ins Planschbecken» und schaufelten ihn hinein. Ich sah zu. Sie wechselten plötzlich ins Haus, um dort Arbeiten vorzunehmen. In Abständen sah ich einen von ihnen an der Terrassentür vorbeieilen und wieder verschwinden. Luise stand im Türrahmen und rief mir zu: «Fang mich doch, Eierloch.» Ich rief: «Umso besser, Menschenfresser» und knurrte kräftig, was sie zufriedenstellte, denn mit einem lauten «Max»-Schrei stürmte sie ins Innere. Am späten Nachmittag hatte dann noch eines ihrer Tiere Geburtstag. Die Häufung dieser Geburtstage, die zweimal täglich stattfanden, minderte das Engagement nicht im Geringsten.

Schon wurde Sandras Lippenstift genommen und mit mehreren Schichten Zeitungspapier umschlungen. Gleich würden sie Tesafilm verlangen.

Auf einem Gang kam ich in eine Seitenausbuchtung des Tals. Durch einen schmalen Wald zog sich eine Straße hinauf. Die schattigen Serpentinen führten auf der Anhöhe ins Helle. Auch hier die Wiesen noch ungemäht, einige alte Holzhäuser lagen rechts und links. Später ein Neubau aus Stein mit einer Garage daneben. Das Tor war geöffnet, auf einem Regal standen Uhren. Es waren kleinere und mittlere Blöcke aus Fels, Granit oder Schiefer, Zeiger aus Plastik. Ich drehte einen Stein herum, hinten ein einfaches Uhrwerk. Sie sollten verkauft werden, kleine Schilder mit Preisen zeigten das. Aber wer kam hier schon vorbei? Ein Zeiger klappte laut. Flechten auf dem Stein, grau und gelb. Ein anderer mit roten Sporen. Auf Karteikarten stand das Alter. Das sind Zahlen, die keiner denken kann. «100 Millionen Jahre»: Man kann es aufschreiben, aber es stellt sich kein Gefühl ein. Doppeltes Zeigerklappen, das sind die Minuten, die wir haben, an denen wir hängen, die kostbar sind, die wir nicht verlieren dürfen. «Schiefer, 300 Millionen Jahre alt».

Ich lag in der Nacht wach. Ein langer ruhiger Landregen, der am Abend angefangen hatte, endete. Tropfen waren zu hören, zuerst in dichter Folge, dann weniger werdend. Sie kamen wohl aus dem Regenabfluss, der über das Dach ragte, fielen auf die Steine, die darunterlagen. Und ein Glucksen, in größeren Abständen; woher das kam, wusste ich nicht. Als Kind hörte ich an Abenden mit Regen ein Geräusch wie Glocken. Erst viel später bemerkte ich, dass es entstand, wenn Wasser auf ein Gitter fiel, das über einem Kellerloch lag. Aber damals hatte ich keine Vorstellung, wollte es auch nicht wissen, war zufrieden mit den Regenglocken, denen man vorm Einschlafen zuhören konnte. Jetzt hatte ich sie wieder im Ohr. Draußen tropfte es auf verschiedene Oberflächen, gab verschiedene Klänge. Manche Steine waren mit Moos überzogen. Das nasse Gras war durch die halbgeöffnete Tür zu riechen, das nasse Holz vom Balkon auch. Ich konnte nicht schlafen, lag zufrieden mit der Schlaflosigkeit. Tropfenglucksen rundherum. In eine Regentonne vor dem Nachbarhaus.

Am Morgen den Bergbach hinauf, um zu sehen, woher er eigentlich kam. Ein Sandweg lief nebenher. Gut, wie das Wasser in klarer Welle über Steine glitt. Sprudeln an einem Felsen. Dort lief eine Welle rückwärts, weißes Schaumspiel. Ein Stock hakte fest, wurde mitgezogen. Glucksen und Schmatzen des Wassers in einer Mulde. Durch einen engen Raum zwischen hohen Steinen zog es sausend. In den letzten zweieinhalb Jahren war ich ein anderer geworden, aber was hatte ich dazu beigetragen? Ich sah mehr, ich sah genauer, die Luft durchsichtig und klar. Es war ein anderes Leben, aber war ich irgendwohin gegangen? So wie Max und Luise, wenn sie mit ihren Kinderkoffern dastanden und erklärten, dass sie verreisen wollten. Mit zwei Jahren benutzen sie jetzt das Wort «Ich». Ein Mensch tat, was er tat, weil er nicht anders konnte. Denn sonst hätte er anders gehandelt. Etwas war zu mir gekommen, ich bedankte mich.

Ein Wassertopf im Bach, dort war es still und tief. Ein paar Schritte weiter ein Strudel, der weiß schäumte und spritzte. Ich warf ein paar Steine hinein. Die Kinder gingen inzwischen mit vorgestreckter Hand an uns vorbei, versuchten uns zur Seite zu schieben. Sie reagierten mit einem sehr klaren «Nein» auf Vorschläge, die ihnen gerade überhaupt nicht passten. Bei Gelegenheit hörten sie weg, ignorierten unsere Rufe gelassen. Nahmen sich ein paar Spielsachen, tollten in die Ecke ab. Sie gingen ihre eigenen Wege. Es war anstrengend, es war gut. Ich nahm ein paar Tannenzapfen und warf sie ins Wasser. Da sind keine Gesetze, die dir sagen, was du zu glauben, zu tun und zu lassen hast, was wahr und cool ist. Am Bach hatten Kinder einen Damm gebaut. Sie hatten kleine und große Steine zusammengetragen, Stöcke davor befestigt, Gras in Lücken gestopft. Kein schlechter Damm. Das Wasser floss und strömte völlig ungehemmt hindurch, der Bach ignorierte den Damm.

Ich setzte mich an den Rand, krempelte die Jeans hoch und ließ die Beine ins Wasser hängen. Langes Gras hing über das Ufer, das Wasser zog daran. An dieser Stelle lag der Bach im Schatten. Nur ein paar Sonnenstrahlen kamen durch, die bis zum Grund gingen, Kiesel aufblitzen ließen. In der Mitte trieb ein Stock rasch und leicht vorbei. Ich musste die Beine nach kurzer Zeit herausziehen, um sie zu wärmen. Sandra hielt das immer viel länger aus. Diese Fähigkeit hatte sie an Max vererbt, der die Beine in den Bach hielt, als sei das eine Badewanne. Irgendwann zogen wir ihn dann heraus. Allerdings war er auch deutlich besser gepolstert als Luise und ich, die den knochigen Teil der Familie bildeten. Max und Sandra sahen sich ähnlich, gerade jetzt im Sommer, wenn sie mit leicht gerötetem Kopf, sehr hellen Haaren und zufriedenem Gesicht nebeneinandersaßen.

Ich war vom Bach abgezweigt, auf eine schmale Straße geraten, die sich den Hang hochschlängelte. Sie war asphaltiert, lief durch Wiesen, ging dann in einen Sand- und Steinweg über. Hinter einer rot-weiß gestreiften Schranke wurde ein Pfad daraus. Nun lag das Tal schon unten, man konnte zurücksehen auf Dächer, Tannen, Wiesenflächen, einen Sportplatz. Dort der Bäcker, wo ich jeden Morgen auf das Öffnen wartete, denn noch immer waren die Kinder Frühaufsteher. Jetzt konnten sie auch schon das Wort «Frühaufsteher» sagen. Ihre Cousinen, die zu vollkommen normalen Zeiten aufstehen, wurden als «Langschläfer» diffamiert. Dann führte der Weg durch eine Lerchenlichtung. Das Hellgrün der Zweige durchscheinend. Einige Vögel hatten sich hier versammelt. Es pfiff, wechselte die Zweige, piepte unermüdlich. Es flatterte und antwortete. So wie bei uns zu Hause. Max stand vor der Tür und sagte: «Licht, Wolken im Licht». Luise fragte: «Warum muss man Steine in den Bach werfen?» Sie sagte: «Nur kleine Hunde kenne ich.» Max kroch unters Sofa und sagte: «Ich bin eine Schlange.» Luise sagte: «Nein, du hast Beine.»

Der Weg lief nun durch die Wiese. Sie war voll erblüht, kräftige Farben, schon kurz vorm Nachlassen. Ich kam zu einem Kreuz. «Höchsthorn» stand darauf. Tatsächlich beugte sich hier eine Spitze hornartig über das Tal. Aber der höchste Berg war das nun nicht, eigentlich kaum ein Gipfel, aber vielleicht das höchste Horn. Jeder soll sein Recht bekommen, wir lassen alles gelten. Ich setzte mich ins Gras. Über dem Tal war der Mond noch weiß zu sehen. Ich musste daran denken, wie ich mit einem organgefarbenen Kinderwagen vor einem Marienbild auf und ab gefahren war. Unten im Tal sah ich die Straße, die von unserem Haus zum Bach führte. Am Straßenrand ging eine kleine Gruppe. Eine Große, zwei Kleine, die hellen Haare, der Gang.

Was ich meine, ist die Liebe. Sie hat den Himmel aufgerissen bei der Geburt. Sie hat Schwalben über die Gartenbank geschickt. Aber sie schickt auch die Krähe mit dem viel zu großen Ast im Schnabel. Die Liebe hört den Blättern zu. Sie liegt nachts auf einer Isomatte, während ein Kind durch die Bettstäbe guckt. Es gibt so viele Welten. Gegrüßet seist Du, Maria. Gegrüßet seist Du, Luise auf den Schultern. Die Liebe ist heilig und komisch. Sie hat Augen wie ein See, gerade geöffnet. Sie stellt den Löwen neben das Schaf. Sie bürstet die Haare. Die Liebe ist eine Kastanie unter der Fußsohle. Das Stille ist des Ungestümen Herr.

Luise als Mischung aus fest und flüssig. Das Gleiten der Luftdruckreifen auf dem Waldweg. Rosa bestrahlte Tuffwolken. Aber auch die schreiende Luft im Kinderzimmer. Und jenes Reh, das über die Saat flog. Die Liebe denkt sich immer neue Sätze aus: «Fällt er, so stürzt er doch nicht, denn eine Hand hält ihn fest.» Das Heilige ist jung. Auf der Gartenmauer mit dem körnig-weißen Stein. Die Liebe hat es nicht eilig. Sie setzt eine Sonnenblume in ein riesiges Rübenfeld. Sie schlägt mit der flachen Hand gegen die Scheibe: «Der Mond, der Mond». Die Minuten vor der Steinewigkeit, Liebe. So wie Wellen sich an die Felsen schmiegen. Gelobt sei der Bach. Sie ist überall, auch in dem Gleiten über die Tasten des Notebooks, in das ich diese Sätze und alles andere geschrieben habe.

Inhalt

4.

Duisburg gegen Kaiserslautern. Fluchend in der Nacht. Auf meiner alten Isomatte. Breireste. Wer nicht das Ewige kennt, schafft sinnlos Unheil. Zum Zerreißen gespannt. Ich kaufte einen Maulwurf.

36

5.

Lange Spaziergänge. Mit einer Regenhülle. An der Maria vorbei. Das sanfte Gleiten der Luftdruckreifen. In frühere Zeiten zurück. Und am Abend eine Singdrossel-Meditation.

51

6.

Klack-klack, der Ring schlägt gegen das Trapez. Was hilft schon eine Fliegenklatsche bei Gefahr? Ein lange versunkener Stoffhase in großer Klarheit. Bauklötze gegen die Heizungsrohre! Schwer ist zu tragen das Unglück, aber schwerer das Glück.

65

7.

Die tropfende Zeit. Maria auf der Gartenbank. Gedanken wie Tuffwolken, rosa angestrahlt. Dann aber Yuppie-Mails aus Hamburg, betreffend Espressomaschinen mit Halbautomatik. Ach, wo ist Bleibens auf der Welt?

79